HARRY POTTER

A Magical Year

마법 같은 1년

해리 포터 시리즈

읽는 순서:
해리 포터와 마법사의 돌
해리 포터와 비밀의 방
해리 포터와 아즈카반의 죄수
해리 포터와 불의 잔
해리 포터와 불사조 기사단
해리 포터와 혼혈 왕자
해리 포터와 죽음의 성물

라틴어로도 읽을 수 있는 책:
해리 포터와 마법사의 돌
해리 포터와 비밀의 방

웨일스어, 고대 그리스어, 아일랜드어로도 읽을 수 있는 책:
해리 포터와 마법사의 돌

함께 읽을 책

신비한 동물 사전
퀴디치의 역사
(코믹 릴리프와 루모스를 돕고자 출간되었음)
음유시인 비들 이야기
(루모스를 돕고자 출간되었음)
이 세 권은 또한 다음의 시리즈로 출간되었습니다:
호그와트 라이브러리
(코믹 릴리프와 루모스를 돕고자 출간되었음)

일러스트 에디션

짐 케이 일러스트
해리 포터와 마법사의 돌
해리 포터와 비밀의 방
해리 포터와 아즈카반의 죄수
해리 포터와 불의 잔

올리비아 L. 길 일러스트
신비한 동물 사전

크리스 리델 일러스트
음유시인 비들 이야기

에밀리 그래빗 일러스트
퀴디치의 역사

HARRY PØTTER

A
Magical
Year

마법 같은 1년

짐 케이 일러스트
J,K, 롤링 지음 | **강동혁** 옮김

00 문학수첩 리틀북

해리 포터: 마법 같은 1년

초판 1쇄 인쇄 2021년 6월 10일
초판 1쇄 발행 2021년 10월 5일

지은이 | J.K. 롤링 옮긴이 | 강동혁 발행인 | 김은경 펴낸곳 | 문학수첩리틀북
주소 | 경기도 파주시 회동길 503-1(문발동 633-4) 출판문화단지
전화 | 031-955-9088(마케팅부), 9532(편집부)
팩스 | 031-955-9066 등록 | 2001년 3월 29일 제03-01282호
홈페이지 | www.moonhak.co.kr 블로그 | blog.naver.com/moonhak91 이메일 | moonhak@moonhak.co.kr

ISBN 978-89-5976-247-7 03840

* 파본은 구매처에서 바꾸어 드립니다.

감사의 말

돌이켜 생각하면 이상한 일이다. 지난 2013년, 일러스트 작업을 요청하는 전화 한 통이 내 인생을 완전히 바꿔놓고 머나먼 곳의 사람들을 친구로 사귀게 해 주었다. 해리 포터에 대한 사랑과 출판 작업이 우리 모두를 연결하는 끈이었다. 블룸스버리의 아동도서 팀에 감사의 말을 전하고 싶다. 이들은 내가 《불사조 기사단》 작업에 매진하고 있을 때 이 책의 아이디어를 떠올리고 해리 포터 책 더미에서 책에 실을 만한 글귀를 모아 주었다. 특히 새러 굿윈, 이사벨 포드, 맨디 아처, 리베카 맥낼리의 응원과 인내심에 감사드린다. 이들은 책을 만들어 가는 길에 만난 험난하고 어두운 곳에서 나를 여러 차례 구해 주었고, 유머 감각을 잃지 않고 변덕이 심한 내 성격을 너그럽게 보살피며 받아준 데다 내가 이 까다로운 책을 내 나름의 방식으로 작업할 공간을 만들어 주었다.

이언 램, 앨리슨 엘드리드, 밸 브레이스웨이트에게도 특별히 고마운 마음을 전한다. 이들이 없었다면, 나는 '채색'이라는 분야의 일거리를 얻지 못했을 것이다. 솔직히 말해, 이 일은 나를 살아 있는 사람 중 가장 운 좋은 사람으로 만들어 주었다.

마지막으로 나는 J.K. 롤링에게 감사하고 싶다. 롤링은 우리의 작은 배가 계속 통통 떠 가도록 해주는 창의력의 살아 있는 샘물로, 우리에게 영감을 불어넣어 주며 그녀가 만든 마법 세계를 헤치고 나아가도록 힘을 준다.

고맙다. 모두에게 깊은 사랑을 보낸다.

의구심과 우울함에 사로잡힌 모든 이에게,

여러분은 혼자가 아니에요.

짐 케이

Contents

1월 January 10

2월 February 30

3월 March 48

4월 April 66

5월 May 84

6월 June 104

7월 July 122

8월 August 140

9월 September 158

10월 October 178

11월 November 196

12월 December 216

일러스트 목록 234

1월

January

새해가 되고 얼마 안 있다 다른 학생들이 집에서 돌아와
그리핀도르 탑이 다시 북적북적 시끄러워져서
솔직히 다행이었다.

1월 1일

"몸조심하겠다고 약속해 다오……. 말썽에 휩쓸리지 말고……."

"전 항상 그렇게 해요, 위즐리 아줌마." 해리가 말했다. "아줌마도 아시겠지만 전 조용한 삶이 좋아요."

《해리 포터와 혼혈 왕자》,
17장. '슬러그혼의 기억'

1월 2일

나이트 버스가 버밍엄 고속도로에서 급커브 길이 계속 이어지는 한적한 시골길로 펄쩍 뛰어내리자 의자들이 다시 뒤로 미끄러졌다. 버스가 경계를 침범할 때마다 양옆의 산울타리들이 펄쩍 뛰어 비켜났다. 버스는 여기서 붐비는 마을 한복판의 큰길로 들어선 다음, 높은 언덕으로 둘러싸인 고가도로를 지나 우뚝 솟은 공동주택 사이 바람이 심하게 부는 길로 접어들었다. 그럴 때마다 요란하게 쾅 하는 소리가 났다.

"생각이 바뀌었어." 론이 여섯 번째로 바닥에 넘어졌다가 몸을 일으키며 중얼거렸다. "두 번 다시 타고 싶지 않아."

《해리 포터와 불사조 기사단》,
24장. '오클루먼시'

1월 3일

여섯 사람은 짐 가방을 질질 끌고 성을 향해 미끄러운 길을 힘겹게 나아갔다. 헤르미온느는 벌써부터 잠자리에 들기 전에 집요정 모자를 몇 개 더 떠야 한다는 이야기를 하고 있었다. 해리는 오크나무 정문에 도착해서 흘낏 뒤를 돌아보았다. 나이트 버스는 이미 사라지고 없었다.

《해리 포터와 불사조 기사단》,
24장. '오클루먼시'

1월 4일

해리는 지나가면서 복도 창밖을 힐끔 바라보았다.
땅에는 버로의 정원에 내린 것보다도 눈이 더 두껍게 쌓여
있었고 이미 그 너머로 해가 뉘엿뉘엿 지고 있었다. 저 멀리
해그리드가 자신의 오두막 앞에서 벅빅에게 먹이를 주는
모습이 보였다.

《해리 포터와 혼혈 왕자》,
17장. '슬러그혼의 기억'

1월 5일

"아, 잠깐만…… 암호 알려 줘야지. 절제."

"바로 그거야." 뚱뚱한 귀부인이 힘없이 말하더니 앞으로
홱 젖혀지며 초상화 구멍을 드러냈다.

"왜 저러지?" 해리가 물었다.

"크리스마스 때 너무 즐겼나 봐." 헤르미온느가 사람들로
가득 찬 휴게실에 앞장서 들어가며 눈을 굴렸다.

《해리 포터와 혼혈 왕자》,
17장. '슬러그혼의 기억'

1월 6일

하지만 그 순간 요란하게 "로-온!" 하며 높은 음으로
부르짖는 소리가 들리더니 난데없이 라벤더 브라운이 돌진해
와서 론의 품에 뛰어들었다.

《해리 포터와 혼혈 왕자》,
17장. '슬러그혼의 기억'

1월 7일

바로 그때, 네빌이 휴게실 안으로 넘어져 들어왔다. 어떻게 초상화
구멍으로 들어왔는지가 의문이었다. 네빌의 양다리가 서로 붙어
있었기 때문이다. 그들은 단번에 다리 묶기 저주 때문임을 알아차렸다.

《해리 포터와 마법사의 돌》,
13장. '니콜라 플라멜'

1월 8일

"마법약 보충수업을 듣는다고?" 재커라이어스 스미스가 점심 식사 후 현관홀에서 해리를
구석에 몰아넣고 거만하게 물었다. "세상에, 너 진짜 심각한가 보다. 스네이프는 보충수업
같은 거 잘 안 하잖아?"

《해리 포터와 불사조 기사단》,
24장. '오클루먼시'

1월 9일
스네이프 교수 생일

"이곳에서는 멍청하게 지팡이나 휘두를 일이 별로 없으므로 너희 중 다수는 이게
마법이라는 것을 믿기 힘들 것이다. 나는 너희가 희미하게 빛나는 연기를
내며 부드럽게 끓어오르는 솥단지의 아름다움이나, 사람의 혈관을
타고 몰래 스며들어 정신을 사로잡고 감각을 흐트러뜨리는
액체의 섬세한 힘을 진정으로 이해할 거라고는 기대하지
않는다. ……하지만 나는 너희에게 유리병 하나에 명성을
담아내고, 솥으로 영광을 끓이고, 심지어는 약병 마개로
죽음을 막는 방법을 알려 줄 수 있다. 너희가 평소
내가 가르쳐야 했던 멍청이들만큼 머리가 나쁘지
않다면 말이지만."

세베루스 스네이프

《해리 포터와 마법사의 돌》,
8장. '마법약 교수'

1월 10일

"방과 후 징계다. 토요일 밤, 내 연구실." 스네이프가 말했다.

"나는 그 누구라도 무례한 행동은 용납하지 않는다, 포터.

……선택받은 자라 해도 말이지."

《해리 포터와 혼혈 왕자》,
9장. '혼혈 왕자'

1월 11일

스프라우트 교수는《예언자일보》를 케첩 병에 기대 놓고 1면을 너무 집중해서 읽느라, 들고 있던 숟가락에서 달걀노른자가 무릎으로 뚝뚝 떨어지는 것도 눈치 못 채고 있었다.

《해리 포터와 불사조 기사단》,
25장. '궁지에 몰린 딱정벌레'

1월 12일

트릴로니 교수가 발에 바퀴라도 달린 듯 그들을 향해 미끄러져 왔다. 그녀는 크리스마스를 맞아 스팽글로 장식한 녹색 드레스를 입고 있었는데, 그 탓에 어느 때보다도 더 번쩍이는 대왕 잠자리처럼 보였다.

《해리 포터와 아즈카반의 죄수》,
11장. '파이어볼트'

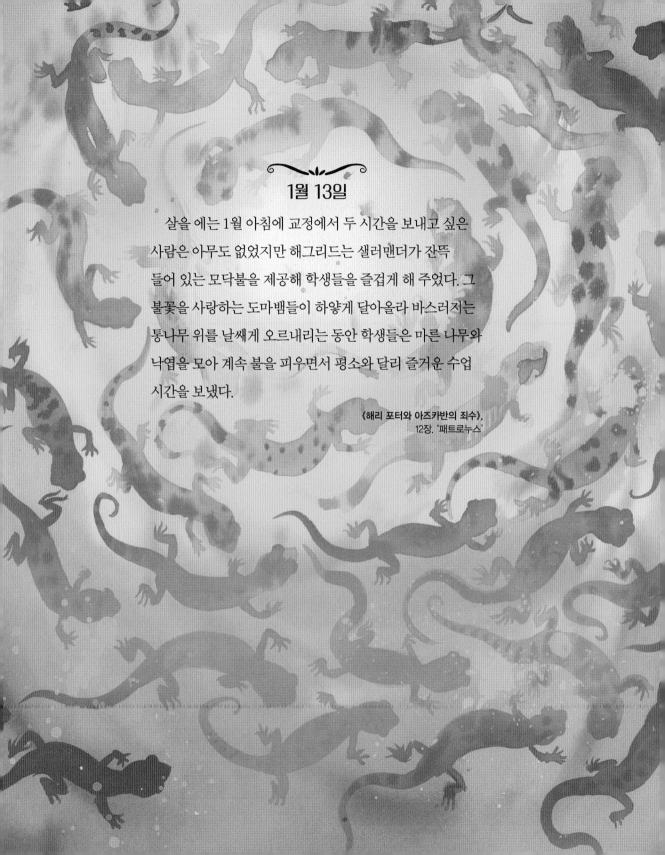

1월 13일

살을 에는 1월 아침에 교정에서 두 시간을 보내고 싶은
사람은 아무도 없었지만 해그리드는 샐러맨더가 잔뜩
들어 있는 모닥불을 제공해 학생들을 즐겁게 해 주었다. 그
불꽃을 사랑하는 도마뱀들이 하얗게 달아올라 바스러지는
통나무 위를 날쌔게 오르내리는 동안 학생들은 마른 나무와
낙엽을 모아 계속 불을 피우면서 평소와 달리 즐거운 수업
시간을 보냈다.

《해리 포터와 아즈카반의 죄수》,
12장, '패트로누스'

1월 14일

"음, 그럼 숙제 알림장에 적어!" 헤르미온느가 격려하듯 말했다. "그래야 안 잊어버리지!"

해리와 론은 서로 눈빛을 주고받았다. 해리는 가방으로 손을 뻗어 알림장을 꺼낸 뒤 머뭇머뭇 펼쳤다.

"나중으로 미루지 마, 이 2류 인간아!" 해리가 엄브리지의 숙제를 적어 넣자 알림장이 꾸짖었다.

《해리 포터와 불사조 기사단》,
24장. '오클루먼시'

1월 15일

헤르미온느는 얼굴은 땀에 젖고 코에는 재가 묻은 채 잔뜩 화가 난 표정이었다. 그녀 자신의 머리카락 한 움큼을 포함해 쉰두 가지의 내용물로 이루어진 헤르미온느의 해독제가 반쯤 완성된 채 슬러그혼 뒤에서 천천히 부글거리고 있었지만 슬러그혼의 눈에는 해리밖에 보이지 않았다.

《해리 포터와 혼혈 왕자》,
18장. '깜짝 생일 선물'

1월 16일

해리는 헤르미온느가 좋은 뜻으로 그랬다는 걸 알면서도 화가 나는 건 어쩔 수 없었다. 짧은 몇 시간 동안 그는 세상에서 가장 좋은 빗자루를 갖고 있었는데, 이제는 그녀가 끼어들어 방해한 탓에 그 빗자루를 다시 볼 수 있을지조차 알 수 없었다.

《해리 포터와 아즈카반의 죄수》,
12장. '패트로누스'

1월 17일

"아, 해리, 이런 일은 너무도 자주 일어난단다. 둘도 없는 친한 친구 사이에서도 말이야!
서로가 자기가 할 말이 상대방이 하려는 말보다 더 중요하다고 생각하는 것 말이다!"

알버스 덤블도어

《해리 포터와 혼혈 왕자》,
17장. '슬러그혼의 기억'

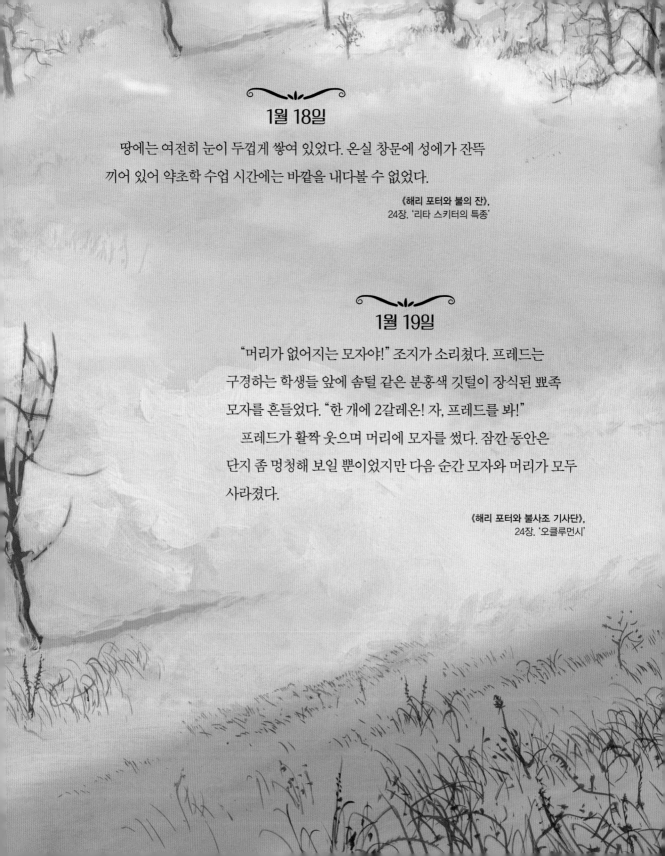

1월 18일

땅에는 여전히 눈이 두껍게 쌓여 있었다. 온실 창문에 성에가 잔뜩
끼어 있어 약초학 수업 시간에는 바깥을 내다볼 수 없었다.

《해리 포터와 불의 잔》,
24장. '리타 스키터의 특종'

1월 19일

"머리가 없어지는 모자야!" 조지가 소리쳤다. 프레드는
구경하는 학생들 앞에 솜털 같은 분홍색 깃털이 장식된 뾰족
모자를 흔들었다. "한 개에 2갈레온! 자, 프레드를 봐!"
　　프레드가 활짝 웃으며 머리에 모자를 썼다. 잠깐 동안은
단지 좀 멍청해 보일 뿐이었지만 다음 순간 모자와 머리가 모두
사라졌다.

《해리 포터와 불사조 기사단》,
24장. '오클루먼시'

1월 20일

"패트로누스는 어떻게 생겼어요?" 해리가 호기심에 차서 물었다.

"어떤 마법사가 불러내느냐에 따라서 다르단다."

《해리 포터와 아즈카반의 죄수》,
12장. '패트로누스'

1월 21일

수많은 아이들이 헤르미온느를 한번 보려고 줄지어 병동 앞을
지나다니는 바람에, 폼프리 선생은 커튼을 다시 꺼내 헤르미온느의
침대에 달아서 그녀가 털북숭이 얼굴을 보이는 부끄러움을 덜어
주었다.

해리와 론은 매일 저녁 헤르미온느를 보러 갔다. 새 학기가
시작되어 그날그날의 숙제를 그녀에게 전달해 준 것이다.

"나한테 고양이 수염이 났다면 공부 안 하고 쉬었을 거야." 어느 날
저녁 론이 헤르미온느의 침대 옆 탁자에 책을 한 무더기 쏟아 놓으며
말했다.

《해리 포터와 비밀의 방》,
13장. '아주 비밀스러운 일기장'

1월 22일

호수에 정박한 덤스트랭 배를 지날 때 그들은 빅토르 크룸이 수영 팬티만 입고 갑판에 올라서 있는 모습을 보았다. 그는 비쩍 말랐지만 보기보다 훨씬 강인한 게 틀림없었다. 뱃전에 올라서더니 팔을 쭉 펴고 곧장 호수에 뛰어들었던 것이다.

《해리 포터와 불의 잔》,
24장. '리타 스키터의 특종'

1월 23일

해리는 숨을 깊이 들이마시고 물속으로 들어갔다. 거품으로 가득한 욕조 대리석 바닥에 앉아 있으려니 으스스한 목소리들의 합창이 들렸다. 해리가 들고 있는 열린 알에서 흘러나오는 소리였다.

《해리 포터와 불의 잔》,
25장. '알과 눈'

1월 24일

머틀이 숨을 훅 들이켜더니 소리를 질렀다. "모두 머틀한테 책을 던지자, 쟤는 아무것도 못 느끼니까! 배를 통과하면 10점! 머리를 통과하면 50점! 와, 하하하! 이렇게 재미있는 게임이라니. 아니, 난 그렇게 생각 안 하는데?"

《해리 포터와 비밀의 방》,
13장. '아주 비밀스러운 일기장'

24

1월 25일

우드는 어느 때보다도 선수들을 심하게 굴리고 있었다.
눈이 그친 뒤 내리는 끝없는 비조차 우드의 사기를 꺾지
못했다. 위즐리 형제는 우드가 너무 광적이 되어 간다고
불평했지만 해리는 우드 편이었다. 후플푸프와 붙는 다음 시합에서
이기기만 하면 그리핀도르는 7년 만에 처음으로 기숙사 챔피언십에서
슬리데린을 앞설 수 있었다.

《해리 포터와 마법사의 돌》,
13장. '니콜라 플라멜'

1월 26일

록하트 교수 생일

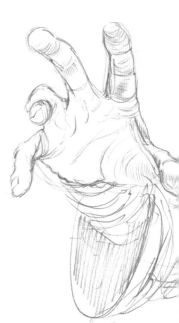

"자, 이제 녀석들을 한쪽으로 몰아. 포위하라고. 겨우
픽시잖니······." 록하트가 외쳤다.
그가 소매를 걷어 올리고 마법 지팡이를 휘두르며
소리쳤다. "페스키픽시 페스터노미!"
전혀 효과가 없었다. 픽시 하나가 록하트의 마법
지팡이를 잡아채 그것 역시 창밖으로 던져 버렸다.

《해리 포터와 비밀의 방》,
6장. '길더로이 록하트'

1월 27일

"들으면 놀랄걸." 론이 걱정스럽게 책을 바라보며 말했다.
"아빠가 그러는데, 마법 정부에서 압수한 어떤 책들은……
눈을 태워 버리기도 했대.《어느 마법사의 소네트》를 읽은
사람은 모두 평생 오행시 형식으로만 말하게 됐고. 그리고
바스에 사는 한 나이 든 마법사는 결코 읽는 걸 멈출 수 없는
책을 갖고 있었대!"

《해리 포터와 비밀의 방》,
13장. '아주 비밀스러운 일기장'

1월 28일

"진실이라." 덤블도어는 한숨을 쉬었다. "아름답고도 끔찍한 것이지. 그러므로 진실을 다룰 때는 아주 조심해야 한단다. 그래도 네 질문에는 대답하도록 하마. 대답을 피해야 할 아주 분명한 이유가 있는 게 아니라면 말이다. 그럴 땐 날 용서해 다오. 당연히 거짓말은 하지 않으마."

《해리 포터와 마법사의 돌》,
17장. '두 얼굴을 가진 남자'

1월 29일

"너는 우리가 사랑했던 사람들이 죽어서 정말로 우리 곁을 떠난다고 생각하니? 엄청난 곤경에 처해 있을 때 그들을 어느 때보다도 선명하게 떠올리는 것 같지 않아?"

알버스 덤블도어

《해리 포터와 아즈카반의 죄수》,
22장. '다시, 부엉이 우편'

1월 30일
릴리 포터 생일

"네 어머니는 너를 구하려다 목숨을 잃었다. 볼드모트가 이해하지 못하는 단 한 가지가 있다면 그건 바로 사랑이야. 그자는 너희 어머니가 너에게 준 것만큼 강력한 사랑은 그 자체로 흔적을 남긴다는 것을 알지 못했다. 흉터도 아니고, 눈에 보이는 표시도 아니지만…… 그렇게 깊은 사랑을 받으면, 그 사랑을 베푼 사람이 우리를 떠난 뒤에도 어떤 보호막이 영원히 남는단다. 너의 살갗에 깃들어 있는 보호막이지."

알버스 덤블도어

《해리 포터와 마법사의 돌》,
17장. '두 얼굴을 가진 남자'

1월 31일

덤블도어의 연구실에는 등불이 밝혀져 있었고 초상화 속 역대 교장들은 액자 안에서 조용히 코를 골고 있었다. 이번에도 펜시브가 책상 위에 놓여 있었다.

《해리 포터와 혼혈 왕자》,
17장. '슬러그혼의 기억'

2월

February

2월이 되자 학교 주변의 눈이 녹으면서
차갑고 을씨년스럽고 축축한 날씨가 찾아왔다.

2월 1일

"아, 너무 아름다워!" 라벤더 브라운이 작게 소리쳤다. "어떻게 데려온 거지? 잡기 무척 힘들 텐데!"

주위에 쌓인 눈이 회색으로 보일 만큼 새하얀 유니콘이었다. 유니콘은 황금빛 발굽으로 초조한 듯 땅을 긁으면서, 뿔이 달린 머리를 뒤로 홱 젖혔다.

《해리 포터와 불의 잔》,
24장. '리타 스키터의 특종'

2월 2일

"타 봐." 해리가 론에게 파이어볼트를 건네며 말했다.

론은 황홀한 표정으로 빗자루에 오르더니 밀려오는 어둠 속으로 붕 날아올랐다. 그동안 해리는 경기장 가장자리를 돌며 그를 지켜보았다.

《해리 포터와 아즈카반의 죄수》,
13장. '그리핀도르 대 래번클로'

2월 3일

"다들 알다시피 호그와트는 천 년도 더 전에,
정확한 날짜는 불분명하지만, 가장 위대한 당대
마법사 네 명에 의해 세워졌다."

빈스 교수

《해리 포터와 비밀의 방》,
9장. '벽에 쓰인 글자'

2월 4일

그는 외눈 마녀 조각상 쪽으로 다시 전력 질주해 가서는
혹을 열고 그 속으로 들어갔다. 그리고 돌로 된 경사로를
미끄러져 내려가 밑에 있던 가방과 만났다. 그는 양피지에서
지도가 사라지게 한 다음 달리기 시작했다.

《해리 포터와 아즈카반의 죄수》,
14장. '스네이프의 원한'

2월 5일

"저게 청기로 작동되는 거군요?" 그가 알은체하며 말했다. "아 역시, 플러그가 보이네요. 전 플러그를 수집하거든요." 그가 버넌 이모부에게 덧붙였다. "배터리도요. 배터리는 아주 많이 모았죠. 아내는 제가 미쳤다고 생각하지만, 어쩔 수가 없어요."

《해리 포터와 불의 잔》,
4장. '다시 버로로'

2월 6일

아서 위즐리 생일

"당신 아들들이 어젯밤 저 자동차를 타고 해리의 집에 날아갔다 왔다고!" 위즐리 부인이 고함을 질렀다. "거기에 대해서는 무슨 할 말이 있으실까, 응?"

"정말이니?" 위즐리 씨가 기대감이 역력한 목소리로 물었다. "아무 문제 없이 잘 가디? 내, 내 말은……." 위즐리 부인의 눈에서 불꽃이 번쩍하자 그가 말을 더듬었다. "그, 그건 아주 잘못된 행동이야, 이 녀석들. 정말이지 아주 잘못된……."

《해리 포터와 비밀의 방》,
3장. '버로'

2월 7일

"뇌가 어디에 있는지 알 수 없는데도 스스로 생각할 수 있는
존재는 절대로 믿지 말라고 했잖아."

아서 위즐리

《해리 포터와 비밀의 방》,
18장. '도비가 받은 보상'

2월 8일

"베스널 그린에 있는 공중화장실에서 역류하는 변기가 세 번째 발견되었음. 즉시 조사
요망.' 갈수록 가관이군……."

"역류하는 변기라고요?"

"반머글 난봉꾼들의 소행이야." 위즐리 씨가 얼굴을 찌푸리며 말했다. "지난주에도 두 개가
발견됐지. 하나는 윔블던에서, 하나는 엘리펀트 앤 캐슬에서. 머글들이 물을 내리면 모든 게
사라지는 게 아니라…… 뭐, 말 안 해도 알겠지?"

《해리 포터와 불사조 기사단》,
7장. '마법 정부'

2월 9일

"오러들은 어둠의 마법과 잇몸병을 결합시켜서 마법 정부를 안에서부터
무너뜨리려 하고 있어."
　　　루나 러브굿

《해리 포터와 혼혈 왕자》,
15장. '깨뜨릴 수 없는 맹세'

2월 10일

"랙스퍼트한테 당한 거야?" 루나가 알록달록한
안경 너머로 해리를 바라보며 안쓰럽다는 듯 물었다.

《해리 포터와 혼혈 왕자》,
7장. '민달팽이 클럽'

2월 11일

"애들이 왜 네 물건을 숨기는데?" 그는 이마를
찌푸리며 그녀에게 물었다.
"아…… 뭐……." 그녀는 어깨를 으쓱했다.
"다들 내가 약간 이상하다고 생각하는 것 같아. 어떤
사람들은 나를 '루니' 러브굿이라고 부르잖아."

《해리 포터와 불사조 기사단》,
38장. '두 번째 전쟁의 시작'

2월 12일

"아빠, 이것 봐. 땅요정이 진짜로 물었어!"

"정말 잘됐구나! 땅요정 침은 엄청나게 유익하거든!" 러브굿 씨는 루나가 내민 손가락을 잡고 피가 흐르는 물린 자국을 살펴보았다. "사랑하는 우리 루나, 오늘 뭐든 갑자기 재능이 싹트는 기분이 든다면 절대 억누르지 마라! 혹 오페라를 부르고 싶거나 인어어로 열변을 토하고 싶은 예기치 못한 충동을 느끼더라도 말이야. 게르늄블리 가르덴시들에게 재능을 선물받았을지도 모르니까!"

《해리 포터와 죽음의 성물》,
8장. '결혼식'

2월 13일

루나 러브굿 생일

"너는 미쳐 가고 있다거나 뭐 그런 게 아니야. 나한테도 보이거든."

"너한테도 보인다고?" 해리가 루나에게 고개를 돌리며 간절하게 말했다. 그녀의 커다란 은색 눈동자에 박쥐 날개를 한 말들이 비쳤다.

"아, 그럼." 루나가 말했다. "나는 여기 온 첫날부터 저것들을 봤어. 항상 저 말들이 마차를 끌었는걸. 걱정하지 마. 너도 나만큼 제정신이야."

《해리 포터와 불사조 기사단》,
10장. '루나 러브굿'

밸런타인데이

   당황한 해리는 도망치려 했지만 드워프가 무릎을 붙잡는 바람에 바닥에 쾅
넘어지고 말았다.

   "좋아." 드워프가 해리의 발목을 깔고 앉으며 말했다. "너에게 전하는
밸런타인 노래다."

   그의 눈은 금방 절인 두꺼비 같은 초록색,

   그의 머리카락은 칠판 같은 검은색.

   그가 내 것이었으면 좋겠어, 그는 정말 멋있어,

   어둠의 왕을 물리친 영웅이여.

《해리 포터와 비밀의 방》,
13장. '아주 비밀스러운 일기장'

2월 15일

"너 책 써야겠다." 론이 감자를 자르면서 헤르미온느에게 말했다.

"여자애들이 하는 이상한 행동을 남자애들이 이해할 수 있도록 해석해

주는 책 말이야."

《해리 포터와 불사조 기사단》,
26장. '본 것과 미리 보지 못한 것'

2월 16일

"캐도건 경, 방금 한 남자를 그리핀도르 탑에

들여보냈습니까?"

"그럼요, 훌륭한 숙녀시여!" 캐도건 경이 부르짖었다.

휴게실 안팎으로 아연한 침묵이 흘렀다.

"들여…… 들여보냈다고요?" 맥고나걸 교수가 말을

더듬었다. "하지만, 하지만 암호는요?"

"가지고 있었습니다!" 캐도건 경이 자랑스럽게

말했다. "1주일 치 암호 전부를 말이죠. 작은 쪽지에

쓰인 암호들을 읽어 주더군요!"

《해리 포터와 아즈카반의 죄수》,
13장. '그리핀도르 대 래번클로'

2월 17일

"우아, 어쩌면 뭔가 힘이 숨겨져 있을지도
몰라." 헤르미온느가 신이 나서 말하며
일기장을 받아 들고 자세히 들여다보았다.
"그럼 그 힘을 아주 잘 감추고 있나 보네."
론이 말했다. "부끄러움을 타는지도 모르고.
난 네가 왜 그걸 안 버리는지 모르겠다, 해리."

《해리 포터와 비밀의 방》,
13장. '아주 비밀스러운 일기장'

2월 18일

일기장 페이지들이 강한 바람에 휩쓸린 듯 펄럭펄럭 넘어가기 시작하더니 6월 중간쯤에서
멈췄다. 해리는 입을 떡 벌린 채 소형 텔레비전 화면처럼 변한 6월 13일의 작은 네모칸을
보았다. 해리가 살짝 떨리는 손으로 일기장을 들어 그 작은 화면에 눈을 갖다 댄 순간, 무슨
일이 벌어지는지 알아차리기도 전에 그의 몸이 앞으로 기울어졌다. 화면이 점점 커지면서
해리는 자기 몸이 침대에서 떨어지는 것을 느꼈다. 그는 그 페이지의 구멍으로 머리부터 빨려
들어가, 색과 그림자의 소용돌이 속으로 내동댕이쳐졌다.

《해리 포터와 비밀의 방》,
13장. '아주 비밀스러운 일기장'

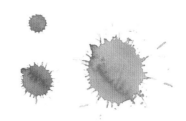

2월 19일

"아, 뭐, 반려동물 문제에서는 사람들이 좀 멍청해질 수 있지." 해그리드가 사려 깊은
말투로 대꾸했다.

《해리 포터와 아즈카반의 죄수》,
14장. '스네이프의 원한'

2월 20일

해그리드의 오두막에 들어가자 맨 먼저 눈에 들어온 것은 벅빅이었다.
벅빅은 해그리드의 조각보 이불 위에 몸을 쭉 뻗고 거대한 날개를 접어
몸에 바짝 붙인 채, 큰 접시에 담긴 죽은 족제비를 맛보고 있었다. 이
유쾌하지 않은 광경에서 시선을 돌리자 털이 잔뜩 달린 엄청난 크기의
갈색 정장과 노란색, 오렌지색이 섞인 아주 끔찍한 넥타이가 옷장 문에
걸려 있는 것이 보였다.

《해리 포터와 아즈카반의 죄수》,
14장. '스네이프의 원한'

2월 21일

해그리드는 차를 따라 주고 건포도 넣은 빵을 권했다. 하지만 그들은
그것을 냉큼 받아먹을 만큼 바보가 아니었다. 해그리드의 요리는 이미
많이 먹어 보았기 때문이다.

《해리 포터와 아즈카반의 죄수》,
14장. '스네이프의 원한'

2월 22일

교실 창가에 다가갈 때마다, 지금껏 교정의 또 다른 특색 중 하나로 당연하게
받아들여 왔던 호수가 새삼 그의 눈길을 끌었다. 쇠붙이 같은 잿빛을 띤
광대하고 싸늘한 호수, 그것의 어둡고 얼음장 같은 심연이 달처럼 멀게만
느껴지기 시작했다.

《해리 포터와 불의 잔》,
26장. '두 번째 과제'

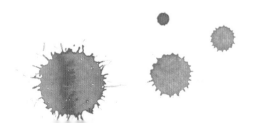

2월 23일

해리는 책을 가져갈 수 있을 만큼 잔뜩 짊어지고 그 무게에 비틀거리며 그리핀도르 휴게실로 돌아가 탁자 하나를 구석으로 끌어다 놓고 조사를 계속했다.《미친 마법사들을 위한 무분별한 마법》에는 아무것도 없었다……《중세 마법 안내서》에도……《18세기 마법 선집》이나《심연에 서식하는 섬뜩한 생물들》,《전에는 몰랐던 능력과 그 능력을 알게 된 지금 당신이 해야 할 일》에도 물속에서 움직이는 일에 대해서는 한 마디도 나와 있지 않았다.

《해리 포터와 불의 잔》,
26장. '두 번째 과제'

2월 24일

트라이위저드 대회
두 번째 과제

"이걸 먹어야 해요!" 집요정이 높은 목소리로 외치며 반바지 주머니에서 끈적끈적한 회녹색 쥐 꼬리 같은 것을 뭉쳐 놓은 뭔가를 꺼냈다. "호수에 들어가기 직전에 먹어야 해요. 아가미풀이에요!"

"이게 뭐 하는 건데?" 해리가 아가미풀을 빤히 바라보며 물었다.

"이건 해리 포터가 물속에서 숨을 쉬게 해 줘요!"

《해리 포터와 불의 잔》,
26장. '두 번째 과제'

2월 25일

그들은 말없이 무디의 연구실 문 앞까지 갔다. 그가 멈춰 서더니 해리를 바라보았다. "오러라는 직업에 대해 생각해 본 적 있느냐, 포터?"

《해리 포터와 불의 잔》,
25장. '알과 눈'

2월 26일

"고맙습니다." 트와이크로스가 말했다. "그럼, 이제……."

그가 마법 지팡이를 휘둘렀다. 곧바로 학생들 앞에 나무로 만든 구식 고리가 나타났다.

"순간이동을 할 때 기억해야 할 중요한 것은 3D예요. '목적지(Destination), 확신
(Determination), 신중함(Deliberation)'!"

《해리 포터와 혼혈 왕자》,
18장. '깜짝 생일 선물'

2월 27일

학교 부엉이들이 평소처럼 우편물을 가지고 대연회장으로 날아들어 왔다. 부리에
진홍색 봉투를 물고 있는 큰 외양간올빼미가 눈앞에 내려앉자 네빌은 숨도 쉬지 못했다.
맞은편에 앉아 있던 해리와 론은 그 편지가 하울러라는 걸 금방 알아보았다. 지난번에 론이
어머니에게서 하울러를 받은 적이 있었던 것이다.

"도망쳐, 네빌." 론이 충고했다.

《해리 포터와 아즈카반의 죄수》,
14장. '스네이프의 원한'

2월 28일

왼쪽으로 조금 떨어진 곳에서는 어니 맥밀런이 고리를 너무 열심히 응시하느라 얼굴이 벌게져 있었다. 마치 쿼플만 한 알을 낳으려고 힘을 주는 것처럼 보였다.

《해리 포터와 혼혈 왕자》,
18장. '깜짝 생일 선물'

2월 29일

"이런 말 해서 유감이지만, 얘야, 난 네가 이 교실에 도착한 그 순간부터 너에겐 점술이라는 고귀한 기술에 필요한 무언가가 결여돼 있다는 것을 분명히 알았단다. 정말이지, 이렇게까지 세속적인 학생은 한 번도 본 적이 없어."

잠시 침묵이 흘렀다. 그러더니……

"좋아요!" 헤르미온느가 일어나《미래의 안개 걷어 내기》를 도로 가방에 쑤셔 넣으며 불쑥 말했다. "좋다고요!" 가방을 어깨에 휙 둘러메다가 하마터면 론을 쳐 의자에서 떨어뜨릴 뻔한 그녀가 다시 소리쳤다. "전 포기할게요! 그만둘 거예요!"

《해리 포터와 아즈카반의 죄수》,
15장. '퀴디치 결승전'

HERBOLOGY
EXAMS
This Way →

3월

March

3월에는 맨드레이크 몇 포기가
3번 온실에서 시끄럽고 요란한 파티를 열기도 했다.
스프라우트 교수는 매우 기뻐했다.

3월 1일

론 위즐리 생일

"게다가 형이 다섯이나 있으면 새 물건은 절대 가질 수가 없어. 교복은 빌이 입던 거고,

마법 지팡이는 찰리가 쓰던 거고, 쥐는 퍼시가 키우던 거지."

론 위즐리

《해리 포터와 마법사의 돌》,
6장. '9와 4분의 3번 승강장에서 떠나는 여행'

3월 2일

"당신의 위지요. 해리 포터의 위지…… 도비에게 스웨터를 준 위지 말이에요!"

도비는 반바지 위에 받쳐 입은 줄어든 고동색 스웨터를 잡아당겼다.

"뭐?" 해리가 헉하고 숨을 들이켰다. "인어들이 훔쳐 간 게…… 인어들이 데려간 게

론이야?"

"해리 포터가 가장 그리워할 존재잖아요!"

《해리 포터와 불의 잔》,
26장. '두 번째 과제'

3월 3일

"한 사람이 그 모든 감정을 한 번에 느낄 수는 없어. 그러다간 터져 버릴걸."

론 위즐리

《해리 포터와 불사조 기사단》,
21장. '뱀의 눈'

3월 4일

"그게 그러니까, 나한테로 날아왔어." 론이 검지를 들어 그 움직임을 설명했다. "내 가슴으로 곧장 말이야. 그런 다음…… 그냥 통과했어. 바로 여기를." 그는 심장 근처를 짚었다. "느낄 수 있었어. 뜨겁더라. 근데 그게 내 안에 들어오고 나니까 뭘 해야 하는지 알겠더라고. 이게 내가 가야 할 곳으로 날 데려다줄 거라는 걸 알았어."

《해리 포터와 죽음의 성물》,
19장. '은빛 암사슴'

3월 5일

어두침침한 붉은 불빛이 그 모든 물건을 비추고 있었다. 창문 커튼은 다 닫혀 있고, 등불
여러 개가 암적색 천으로 가려져 있었다. 방은 숨 막힐 정도로 후텁지근했고, 번잡한 벽난로
선반 밑에서 타고 있는 불이 커다란 구리 주전자를 데우면서 짙고 역겨운 향수
비슷한 냄새를 풍기고 있었다.

《해리 포터와 아즈카반의 죄수》,
6장. '발톱과 찻잎'

3월 6일

"마침내 물질세계에서 너희를 만나게 되어 얼마나 기쁜지
모르겠구나."

시빌 트릴로니

《해리 포터와 아즈카반의 죄수》,
6장. '발톱과 찻잎'

3월 7일

"수정구슬을 들여다보고 있었답니다, 교장 선생님."
트릴로니 교수가 평소보다도 더 몽롱하고 한껏
아득하게 느껴지는 목소리로 말했다. "그런데 놀랍게도
혼자만의 오찬을 포기하고 여러분과 함께하는 제 모습이
보이더군요. 제가 누구라고 운명의 설득을 거부하겠어요?

《해리 포터와 아즈카반의 죄수》,
6장. '발톱과 찻잎'

3월 8일

"있잖아." 론이 말했다. 숙제하는 내내 짜증이 나서 손가락으로 쓸어 대는 바람에 그의 머리카락은 잔뜩 곤두서 있었다. "내 생각엔 미리 준비해 둔 예언을 써먹어야 할 것 같아."

"뭐, 지어내자고?"

《해리 포터와 불의 잔》,
14장. '용서받지 못하는 저주들'

3월 9일

트릴로니 교수 생일

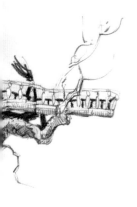

"교, 교수님이 방금 저한테 어둠의 왕이 다시 일어선다고……
그자의 부하가 그자에게 다시 돌아갈 거라고 하셨는데요……."

트릴로니 교수는 굉장히 놀란 표정이었다.

"어둠의 왕? 이름을 말해서는 안 되는 그 사람 말이니?
얘야, 그건 농담으로 할 얘기가 아니란다……. 나 참, 다시
일어선다니……."

《해리 포터와 아즈카반의 죄수》,
16장. '트릴로니 교수의 예언'

크고 날카로운 소리가 나더니 해리의 흐릿한 패트로누스가 디멘터와 함께 사라졌다. 해리는 1킬로미터 넘는 거리를 막 달려온 것 같은 기진맥진한 기분에 다리를 후들거리며 의자에 주저앉았다. 마법 지팡이를 휘둘러 보가트를 다시 포장용 상자에 집어넣느라 애쓰는 루핀 교수가 곁눈으로 보였다. 보가트는 이번에도 은빛 구체로 변해 있었다.

《해리 포터와 아즈카반의 죄수》,
12장. '패트로누스'

3월 11일

루핀 교수가 눈썹을 치켜올렸다.

"난 네빌이 이 수업의 첫 단계에서 날 도와줬으면 하는데." 그가 말했다. "네빌이 훌륭히 해낼 거라고 확신해."

《해리 포터와 아즈카반의 죄수》,
7장. '옷장 속의 보가트'

3월 12일

"스네이프 교수님이 아주 친절하게도 내게 마법약을 만들어 주셨어." 그가 말했다. "난 전부터 마법약 만드는 데는 소질이 없었거든. 이건 특히 복잡한 약이고." 그는 잔을 들어 올려 냄새를 맡아 보았다. "설탕을 넣으면 효과가 없어진다니 안타깝지." 그가 한 모금 마시고 부르르 떨며 덧붙였다.

《해리 포터와 아즈카반의 죄수》,
8장. '뚱뚱한 귀부인의 도주'

3월 13일

부엉이들이 바람에 날려 계속 경로를 이탈하는 바람에 우편 배달이
지연되었다. 해리가 호그스미드에 가는 날짜를 적어 시리우스에게
보낸 솔부엉이는 깃털이 반이나 뒤집힌 채 금요일 아침 식사 시간에
나타났다.

《해리 포터와 불의 잔》,
27장. '패드풋의 귀환'

3월 14일

새하얀 올빼미가 부리를 딱딱거리며 퍼덕퍼덕 해리의
팔에 내려앉았다.
"아주 영리한 올빼미더군요." 톰이 빙그레 웃었다. "포터
군이 도착하고 5분쯤 뒤에 도착했어요."

《해리 포터와 아즈카반의 죄수》,
3장. '나이트 버스'

56

3월 15일

피그위전은 햄 한 덩어리를 산 위로 나르기에는
너무 작았으므로, 해리는 학교 가면올빼미
두 마리에게 도움을 구했다.

《해리 포터와 불의 잔》,
28장. '크라우치 장관의 광기'

3월 16일

그는 얼굴을 찌푸리며 부엉이에게서 편지를 받아 들려고 했지만 그럴 겨를도 없이 셋, 넷,
다섯, 더 많은 부엉이며 올빼미가 퍼덕거리며 녀석의 옆으로 내려오더니 버터를 밟고 소금을
뒤엎으면서 서로 먼저 편지를 전하려고 자리다툼을 벌였다.

"이게 무슨 일이지?" 론이 놀라서 물었다. 또 다른 부엉이와 올빼미 일곱 마리가 날카롭게
부엉부엉 울면서 먼저 온 새들 사이에 퍼덕퍼덕 내려앉았다.

《해리 포터와 불사조 기사단》,
26장. '본 것과 미리 보지 못한 것'

3월 17일

폴터가이스트 피브스였다. 그는 사람들
위에 둥둥 떠서 위아래로 흔들거리며, 언제나
그랬듯 파괴와 불안이 가득한 현장을 보며
즐거워하고 있었다.

《해리 포터와 아즈카반의 죄수》,
8장. '뚱뚱한 귀부인의 도주'

3월 18일

"난 아무 짓도 안 했는데!" 피브스가 5학년 여학생 몇 명한테
물풍선을 던지며 킥킥대자 그 학생들이 비명을 지르며 대연회장으로
뛰어들어 갔다. "이미 젖어 있었잖아? 조금 더 적신 걸 가지고!
휘이이이이이!" 그러더니 그는 방금 도착한 2학년들에게 또다시
물풍선을 조준했다.

《해리 포터와 불의 잔》,
12장. '트라이위저드 대회'

3월 19일

해리가 피브스에게 마법 지팡이를 겨누고 내뱉었다.
*"랭락!"*피브스는 목을 부여잡고 침을 꿀꺽 삼키고는
저속한 손짓을 해 보이면서도 더 이상 말은 하지
못하고 병동에서 휙 날아갔다. 방금 그의 혀가
입천장에 달라붙어 버린 것이다.
*"잘했어."*론이 감탄하듯 말하며……

《해리 포터와 혼혈 왕자》,
19장. '뒤를 밟는 집요정'

3월 20일

교수들이 저스틴과 목이 달랑달랑한 닉을 살펴보려고 몸을 구부리자
피브스가 노래를 부르기 시작했다.
"오 포터, 이 폭도야, 대체 무슨 짓을 한 거니?
학생들을 죽이고 다니다니, 이런 게 재미있니."

《해리 포터와 비밀의 방》,
11장. '결투 동아리'

3월 21일

"아니!" 헤르미온느가 고집스럽게 외쳤다. "난 리타 스키터가 내가 빅토르한테 하는 얘기를 어떻게 들었는지 알고 싶어! 그리고 해그리드의 엄마에 대해 어떻게 알아냈는지도!"

"너한테 도청을 붙였을 수도 있어." 해리가 말했다.

"도충?" 론이 어리둥절한 얼굴로 물었다. "도충이 무슨 곤충인데?"

《해리 포터와 불의 잔》,
28장. '크라우치 장관의 광기'

3월 22일

리타 스키터는 잠시 아무 말도 하지 않고 고개를 살짝 기울인 채 빈틈없는 눈으로 헤르미온느를 바라보았다.

"좋아, 일단 내가 쓴다고 치자." 그녀가 불쑥 말했다. "내가 받을 보수는?"

"아빠가 잡지에 글을 주는 사람들에게 딱히 돈을 주시는 것 같진 않아요." 루나가 몽롱하게 말했다. "사람들은 글을 싣는 걸 명예롭게 생각하거든요. 물론, 자기 이름이 인쇄된 걸 보고 싶어서이기도 하고요."

《해리 포터와 불사조 기사단》,
25장. '궁지에 몰린 딱정벌레'

3월 23일

"시작하자." 피렌지가 말했다. 그는 긴 팔로미노의 꼬리를 획 흔들며 머리 위를 덮은 나뭇잎으로 손을 뻗더니 천천히 아래로 잡아당겼다. 그러자 교실이 어둑어둑해졌다. 이제는 해 질 녘의 숲속 공터에 앉아 있는 것 같았다. 천장에 별들이 나타났다. '우아' 하는 탄성과 숨 들이켜는 소리가 터져 나왔고 론은 다 들리게 외쳤다. "대박!"

"바닥에 누워라." 피렌지가 담담한 목소리로 말했다. "그리고 하늘을 관찰해라. 볼 수 있는 자들의 눈에 보이는 우리 종족들의 운명이 거기에 적혀 있으니."

《해리 포터와 불사조 기사단》,
27장. '켄타우로스와 고자질쟁이'

3월 24일

구불구불한 길이 그들을 호그스미드 부근의 거친 외곽 지대로 이끌었다. 이곳은 집이 더 드물었고 정원들은 더 널찍했다. 그들은 호그스미드를 산그늘에 품고 있는 산을 향해 걸어갔다. 모퉁이를 돌자 길 끝에 울타리가 보였다. 아주 크고 털이 북슬북슬한 검은 개가 울타리의 층계형 출입구 위에 앞발을 올려놓고 그들을 기다리고 있었다. 신문을 입에 물고 있는 모습이 꽤 낯이 익었다.

"안녕하세요, 시리우스." 그 앞에 다다라 해리가 말을 걸었다.

《해리 포터와 불의 잔》,
27장. '패드풋의 귀환'

3월 25일

"불쌍한 멍멍이." 론이 숨을 깊게 들이쉬며 말했다. "너를 진짜 아끼는 게 틀림없어, 해리……. 쥐를 먹고 살아야 한다고 생각해 봐."

《해리 포터와 불의 잔》,
27장. '패드풋의 귀환'

3월 26일

"'살아남은 아이'는 여전히 우리가 지키려고 싸우는 모든 것의 상징입니다. 선한 자들의 승리, 순수함의 힘, 앞으로도 계속 저항해야 할 필요성의 상징 말이죠."

리머스 루핀

《해리 포터와 죽음의 성물》,
22장. '죽음의 성물'

3월 27일

제임스 포터 생일

"네 아버지는 네 안에 살아 계신다, 해리. 그리고 네가 아버지를 필요로
할 때 가장 선명하게 모습을 드러내지." 알버스 덤블도어

《해리 포터와 아즈카반의 죄수》,
22장. '다시, 부엉이 우편'

3월 28일

"미안해." 해리가 속삭였다. "기분 나쁘게 하려던 건 아니야."

"도비를 기분 나쁘게 했다뇨!" 집요정은 목이 메는 듯했다.

"도비는 단 한 번도 마법사한테서 앉으라는 말을 들어 본 적이

없어요. 꼭 동등한 존재라도 된 것처럼……."

《해리 포터와 비밀의 방》,
2장. '도비의 경고'

3월 29일

세 사람은 도비에게 줄 선물을 사러 글래드래그스 마법사 의류

전문점에 들어가 화려한 양말이란 양말은 모두 고르면서 즐거운 시간을

보냈다. 그중에는 반짝이는 금색 은색 별들이 그려진 양말도 있고, 발

냄새가 심하면 비명을 질러 대는 양말도 있었다.

《해리 포터와 불의 잔》,
27장. '패드풋의 귀환'

3월 30일

"크리처는 도비 앞에서 해리 포터를 욕하면 안 돼요. 절대

안 돼요. 자꾸 그러면 도비가 크리처의 입을 닥치게 만들어 줄

거예요!" 도비가 높은 소리로 꽥꽥거렸다.

《해리 포터와 혼혈 왕자》,
19장. '뒤를 밟는 집요정'

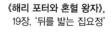

3월 31일

"도비에게는 주인이 없어요!" 집요정이 새된 목소리로 소리쳤다.
"도비는 자유로운 집요정이에요, 도비는 해리 포터와 해리 포터의
친구들을 구하러 왔어요!"

《해리 포터와 죽음의 성물》,
23장. '말포이 저택'

4월

April

부활절 연휴가 지나면서 산들바람이 더 많이 불어왔고
날씨도 더 화창해지고 따뜻해졌다.
하지만 해리는 여느 5학년생이나 7학년생과 마찬가지로 실내에 갇혀서
시험공부를 하거나 도서관만 왔다 갔다 했다.

4월 1일

프레드와 조지 위즐리 생일

"프레드랑 조지랑 함께 자라면 말이야" 하고, 지니가 생각에 잠긴 끝에
말했다. "배짱만 충분하다면 뭐든지 가능하다는 생각을 갖게 돼."

《해리 포터와 불사조 기사단》,
29장. '진로 상담'

4월 2일

"'기대 이상(Exceeds Expectations)'
의 'E.' 나는 항상 프레드랑 내가
모든 과목에서 'E'를 받아야 한다고
생각했어. 우리가 시험을 보러 나타나는
것만으로도 기대 이상이었으니까."

조지 위즐리

《해리 포터와 불사조 기사단》,
15장. '호그와트 장학관'

4월 3일

"우리 대신 저 여자에게 지옥을 선사해 줘, 피브스."

해리는 피브스가 학생의 명령에 복종하는 모습을 단 한 번도 본 적이 없었다. 하지만 프레드와 조지가 밑에 있는 학생들의 떠들썩한 갈채를 받으며 눈부시게 아름다운 노을을 향해 열린 문으로 쏜살같이 나가자, 이번만큼은 그도 두 사람을 향해 힘차게 경례했다.

《해리 포터와 불사조 기사단》,
29장. '진로 상담'

4월 4일

"너한테 변기 뚜껑을 보내려던 건 네 친구 프레드와 조지 위즐리 군이었을 거라고 믿는다. 틀림없이 네가 즐거워할 거라고 생각한 게지. 하지만 폼프리 선생님이 그다지 위생적인 선물이 아닐지도 모른다며 압수해 버렸단다."

알버스 덤블도어

《해리 포터와 마법사의 돌》,
17장. '두 얼굴을 가진 남자'

4월 5일

"트롤어는 아무나 해." 프레드가 무시하듯 말했다. "손가락질을 하면서 그르렁대기만 하면 되잖아."

《해리 포터와 불의 잔》,
7장. '배그먼과 크라우치'

4월 6일

교정은 그저 고요하기만 했다. 금지된 숲의 우듬지를 건드리는 바람 한 점 없었다. 후려치는 버드나무는 아무런 움직임 없이 천연덕스러운 모습이었다. 퀴디치 경기를 하기에 완벽한 날인 것 같았다.

《해리 포터와 아즈카반의 죄수》,
15장. '퀴디치 결승전'

4월 7일

"빗자루에 오르도록……. 호루라기를 불면 시작한다……. 셋, 둘, 하나."

후치 선생

《해리 포터와 아즈카반의 죄수》,
13장. '그리핀도르 대 래번클로'

4월 8일

공중에서는 스네이프가 빗자루의 방향을 틀자마자 쏜살같이 날아와 그를 아슬아슬하게 비켜 가는 진홍색 무언가를 보았다. 다음 순간 해리는 빗자루를 당겨 하강을 멈추고 의기양양하게 팔을 들어 올렸다. 손에는 스니치가 쥐어 있었다.

관중석에서 함성이 터져 나왔다. 신기록이었다. 스니치가 이렇게 빨리 잡힌 건 처음이었다.

《해리 포터와 마법사의 돌》,
13장. '니콜라 플라멜'

4월 9일

"후플푸프의 스미스가 쿼플을 잡았습니다." 몽롱한 목소리가
교정에 울려 퍼졌다. "당연히 지난번에 중계를 했던 그 스미스가요.
지니 위즐리가 스미스한테 돌진했었는데요, 아마 일부러 그런 것 같아요.
그렇게 보였거든요. 스미스가 그리핀도르에 상당히 무례하게 굴었으니까요.
이제는 그리핀도르를 상대로 경기를 하고 있으니 아마 그런 말을 한 걸
후회하지 않을까 싶습니다. 아, 보세요. 쿼플을 놓쳤네요. 지니가 가져갔습니다.
저는 지니를 정말 좋아해요. 아주 착하거든요."

《해리 포터와 혼혈 왕자》,
19장, '티를 밟는 집요정'

4월 10일

"엄마가 보낸 부활절 달걀이야." 지니가 말했다. "네 것도
있어……. 자, 여기."

그녀는 그에게 작은 스니치 모양 아이싱이 붙은,
포장지에 따르면 피징 위즈비 한 봉지가 들어 있다는 멋진
초콜릿 달걀을 건넸다.

《해리 포터와 불사조 기사단》,
29장. '진로 상담'

4월 11일

"음, 하루쯤 쉬지 그래?" 헤르미온느가 밝은 목소리로 말했다. 은색 꼬리가 달린
위즐리 로켓이 창밖을 쌩 지나갔다. "어쨌거나, 금요일에 부활절 연휴가 시작되잖아.
그때 시간이 충분히 생길 거야."

"너 어디 아픈 거 아냐?" 론이 믿을 수 없다는 듯 그녀를 바라보며 물었다.

《해리 포터와 불사조 기사단》,
28장. '스네이프의 가장 끔찍한 기억'

4월 12일

프레드와 조지 위즐리는 몇 시간 동안 자취를 감췄다가 버터맥주 병과
호박 탄산음료, 허니듀크스 과자가 가득 들어 있는 자루 몇 개를 한아름 안고
휴게실로 돌아왔다.

《해리 포터와 아즈카반의 죄수》,
13장. '그리핀도르 대 래번클로'

4월 13일

핀스 선생이 빠르게 다가오고 있었다. 그녀의 쪼글쪼글한 얼굴이 분노로 일그러져
있었다.

"도서관에서 초콜릿이라니!" 그녀가 소리쳤다. "나가라, 나가, 나가!"

그녀는 마법 지팡이를 홱 꺼내 해리의 책들과 가방, 잉크병이 그와 지니를 따라
도서관에서 나가게 만들었다. 뛰어가는 동안 그것들이 머리 위에서 반복적으로
그들을 후려쳤다.

《해리 포터와 불사조 기사단》,
29장. '진로 상담'

4월 14일

부활절 연휴 첫날이었다. 헤르미온느는 늘 그랬듯이 하루 대부분을 그들 세 사람을 위한
시험공부 시간표를 그리는 데 썼다. 해리와 론은 그런 그녀를 그냥 내버려 두었다. 그편이
그녀와 말다툼하는 것보다 쉬웠고, 또 혹시 쓸모 있을지도 몰랐기 때문이었다.

《해리 포터와 불사조 기사단》,
29장. '진로 상담'

4월 15일

"목이 달랑달랑하다고요? 어떻게 목이 달랑달랑할 수가 있어요?"

대화가 원하는 쪽과는 정반대로 흐른다는 듯 니컬러스 경은 심히 짜증이 난 표정이었다.

"이렇게." 니컬러스 경이 성질을 내며 말하더니 왼쪽 귀를 잡아당겼다. 그의 머리 전체가 목에서 휙 꺾여서 흡사 경첩에 달린 문처럼 어깨 위로 떨어졌다.

《해리 포터와 마법사의 돌》,
7장. '기숙사 배정 모자'

4월 16일

"해리! 자네로군!"

닉이 두 손으로 해리의 손을 맞잡았다. 해리는 얼음장 같은 물에 손을 담근 것 같은 느낌이 들었다.

《해리 포터와 죽음의 성물》,
31장. '호그와트 전투'

4월 17일

"나는 죽음의 비밀 같은 건 전혀 모른다네, 해리. 나는 대신 어설프게나마 삶을 흉내 내는 길을 선택했으니까. 나는 박식한 마법사들이 미스터리부에서 이 문제를 연구하고 있다고 믿네."

목이 달랑달랑한 닉

《해리 포터와 불사조 기사단》,
38장. '두 번째 전쟁의 시작'

4월 18일

해리가 지팡이를 꺼내 "루모스"라고 중얼거리자 마법 지팡이
끝에서 딱 거미의 흔적을 찾아 오솔길을 살펴볼 만큼의 작은 빛이
생겨났다.

《해리 포터와 비밀의 방》,
15장. '아라고그'

4월 19일

"알 속에 있을 때부터 키웠어요." 해그리드가 침울하게
말했다. "알을 깨고 나왔을 때는 정말 작고 귀여운 녀석이었죠.
페키니즈만 했어요."

《해리 포터와 혼혈 왕자》,
22장. '장례식 이후'

4월 20일

아라고그 기일

"한 잔은 해리 것……." 슬러그혼이 두 번째 병을 따서 머그잔 두
개에 나누어 담으며 말했다. "……그리고 한 잔은 내 것. 자……."
그는 머그잔을 높이 들어 올렸다. "아라고그를 위하여."

"아라고그를 위하여." 해리와 해그리드가 동시에 말했다.

《해리 포터와 혼혈 왕자》,
22장. '장례식 이후'

4월 21일

그가 벽난로를 힐끔거리는 모습이 해리의 눈에 띄었다. 해리도 그쪽을
바라보았다.

"해그리드…… 뭐예요, *저게?*"

그러나 해리는 이미 그것의 정체를 알고 있었다. 불길 한가운데, 주전자
아래에 거대한 검은색 알이 놓여 있었다.

《해리 포터와 마법사의 돌》,
14장. '노르웨이 리지백 노버트'

4월 22일

갑자기 뭔가 긁히는 소리가 나더니 알이 쪼개졌다. 알에서 나온 아기 용이
탁자 위에 털썩 주저앉았다. 딱히 귀엽다고는 할 수 없었다. 해리가 보기에는 꼭
구겨진 검은색 우산 같았다.

《해리 포터와 마법사의 돌》,
14장. '노르웨이 리지백 노버트'

4월 23일

"아름답지 않니?" 해그리드가 중얼거렸다. 그가 한 손을 뻗어 용의 머리를 가볍게
쓰다듬었다. 녀석이 날카로운 이빨을 드러내며 해그리드의 손가락을 덥석 물었다.
"착하기도 하지. 봐, 이 녀석이 엄마를 알아보네!" 해그리드가 말했다.

《해리 포터와 마법사의 돌》,
14장. '노르웨이 리지백 노버트'

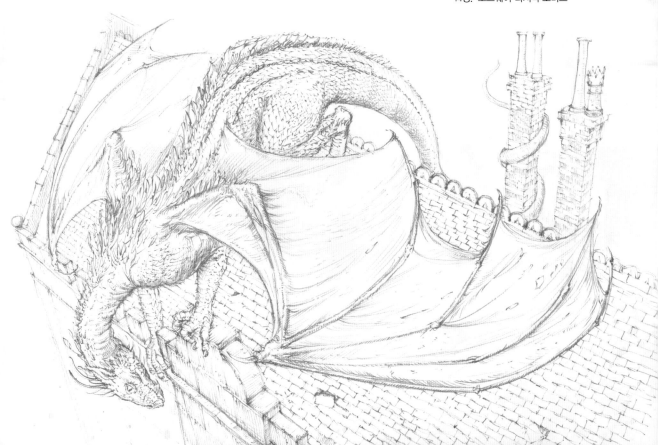

DRAIG

WENDD

GYFFREDIN

CYMREIG

4월 24일

"도서관에서 빌려 왔어.《즐거움도 주고 돈벌이도 되는 용 기르기》라는 책이야. 물론 좀 오래된 책이긴 해도 필요한 내용은 다 들어 있어. 어미 용은 알에 끊임없이 숨결을 뿜어 주므로 알은 불 속에 두어야 한다. 부화하면 30분마다 닭 피를 섞은 브랜디를 한 양동이 먹여야 하고."

루비우스 해그리드

《해리 포터와 마법사의 돌》,
14장. '노르웨이 리지백 노버트'

4월 25일

"그래도 영국에는 야생 용이 없지 않아?" 해리가 물었다.

"당연히 있지." 론이 말했다. "웨일스 그린이랑 헤브리디스 블랙. 마법 정부
사람들이 용을 숨기느라 애를 먹고 있는 건 확실해. 머글들이 용을 발견할 때마다
우리 쪽 사람들이 주문을 걸어서 그 기억을 지워야 하거든."

《해리 포터와 마법사의 돌》,
14장. '노르웨이 리지백 노버트'

4월 26일

몸 전체가 녹색과 금색의 불길로 이루어진 용들이 불꽃으로
가득한 요란한 폭발음을 내면서 복도를 이리저리 날아다녔다.

《해리 포터와 불사조 기사단》,
28장. '스네이프의 가장 끔찍한 기억'

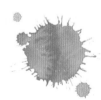

4월 27일

"자, 먹는다." 해리는 그렇게 말하고는 병을 들어 올려 주의 깊게 양을 가늠하고 한 모금을 마셨다.

"기분이 어때?" 헤르미온느가 속삭였다.

해리는 바로 대답하지 않았다. 다음 순간 무한한 기회가 눈앞에 펼쳐져 있는 것 같은 아주 신나는 기분이 느릿느릿하면서도 확실하게 그의 몸을 휩쓸었다. 그야말로 뭐든지 할 수 있을 것 같은 기분이었다.

《해리 포터와 혼혈 왕자》,
22장. '장례식 이후'

4월 28일

슬러그혼 교수 생일

"글쎄……." 슬러그혼은 리들을 바라보는 대신 설탕에 절인 파인애플 상자에 붙어 있는 리본을 만지작거리며 말했다. "글쎄, 물론 너한테 대략적인 정보를 알려 준다고 해서 해가 될 것은 없겠지. 단지 네가 그 용어를 이해할 수 있도록 말이다. 호크룩스는 사람이 자기 영혼의 일부를 숨겨 놓은 물건을 일컫는 용어란다."

《해리 포터와 혼혈 왕자》,
23장. '호크룩스'

4월 29일

"아, 스네이프 교수님?" 엄브리지가 활짝 웃으며 자리에서 일어섰다. "네, 베리타세룸이 한 병 더 있었으면 좋겠는데요. 가급적 빨리 부탁드려요."

"포터를 취조하려고 가져가신 게 제가 갖고 있는 마지막 한 병이었습니다만." 그가 기름진 검은 머리카락 사이로 그녀를 싸늘하게 바라보며 말했다. "그걸 다 쓰신 건 물론 아니겠지요? 세 방울이면 충분할 거라고 말씀드렸는데요."

《해리 포터와 불사조 기사단》,
32장. '벽난로 밖으로'

4월 30일

"교수님, 주무시는데 정말 죄송합니다." 론이 까치발로 서서 슬러그혼 너머로 그의 연구실을 들여다보는 가운데 해리는 되도록 조용히 말했다. "제 친구 론이 실수로 사랑의 묘약을 먹었거든요. 해독제를 만들어 주실 수 있을까요? 폼프리 선생님한테 데려가야 하지만 위즐리 형제의 위대하고 위험한 장난감 물건은 아무것도 쓰면 안 되거든요……. 추궁을 당할 수도 있고……."

"네가 직접 치료제를 만들어 낼 수 있지 않니, 해리. 너처럼 뛰어난 마법약 제조가라면 말이야." 슬러그혼이 물었다.

《해리 포터와 혼혈 왕자》,
18장. '깜짝 생일 선물'

5월

May

정말이지 몇 달 만에 처음으로 맞는 화창한 날이었다.
구름 한 점 없는 하늘은 물망초처럼 파랬고
공기 중에는 여름이 다가오는 기운이 스며 있었다.

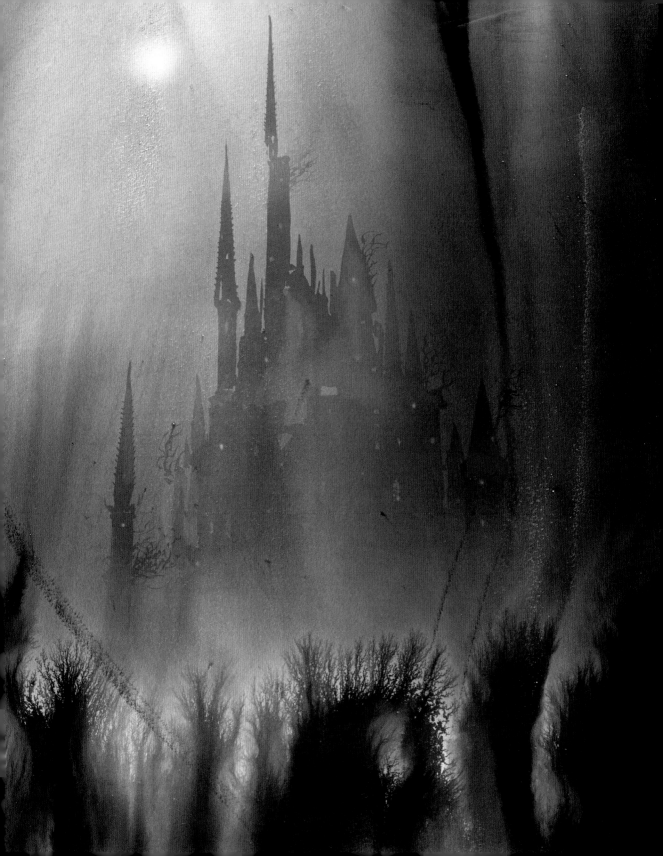

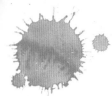

5월 1일

"네가 그…… 그 물건을 찾는 동안 우리가 이름을 말해서는 안 되는
그 사람에 맞서서 학교를 지키마."

"가능한가요?"

"그럴 것 같다." 맥고나걸 교수가 은근히 농담조로 말했다. "우리
선생들의 마법 실력도 제법 쓸 만하니까."

《해리 포터와 죽음의 성물》,
30장. '세베루스 스네이프의 도주'

5월 2일
호그와트 전투

"뭐, 이런 시기에는 다들 반장들이 앞장서 주기를 기대하지." 조지가 퍼시의 잘난체하는
태도를 아주 그럴싸하게 흉내 내며 말했다. "이제 올라가서 싸우자. 안 그러면 죽음을 먹는
자들이 몽땅 다른 사람들 차지가 되고 말 거야."

《해리 포터와 죽음의 성물》,
30장. '세베루스 스네이프의 도주'

5월 3일

그는 계단을 내려가 어둠 속으로 나아갔다. 새벽 4시가 다 된
시간이었다. 교정은 죽은 듯이 고요했다. 마치 모두가 숨을 죽인 채, 그가
해야만 하는 일을 해낼 수 있을지 보려고 기다리는 것 같았다.

《해리 포터와 죽음의 성물》,
34장. '다시, 숲으로'

5월 4일

그룹은 아직 뿌리째 뽑아 버리지 않은 나무 두 그루 사이에 무릎을 꿇었다.
그들은 마치 어두운 공터에 떠다니는 회색 보름달 같은 그 놀랄 만큼 커다란
얼굴을 올려다보았다. 눈 코 입은 큼직한 돌 공에 대충 새겨 놓은 것처럼
보였다.

《해리 포터와 불사조 기사단》,
30장. '그룹'

5월 5일

"유니콘을 잡는 건 쉬운 일이 아니야. 강력한 마법 생명체니까."

루비우스 해그리드

《해리 포터와 마법사의 돌》,
15장. '금지된 숲'

5월 6일

나무뿌리와 잎사귀 냄새를 맡으며, 그들은 주위를 날쌔게 뛰어다니는 팽과 함께 금지된 숲으로 들어갔다.

《해리 포터와 비밀의 방》,
15장. '아라고그'

5월 7일

갑자기 공터 반대편에서 더 많은 말발굽 소리가 들려왔다. 로넌과 베인이 나무들 사이에서 불쑥 튀어나왔다. 그들의 들썩거리는 몸은 온통 땀에 젖어 있었다.

"피렌지!" 베인이 쩌렁쩌렁하게 소리쳤다. "무슨 짓인가? 인간을 등에 태우다니! 부끄럽지도 않나? 자네가 비천한 노새인가?"

《해리 포터와 마법사의 돌》,
15장. '금지된 숲'

5월 8일

"저기 있어요, 엄마, 저기요. 보세요!"

론의 여동생 지니 위즐리였다. 하지만 지니가 가리키는 사람은 론이 아니었다.

"해리 포터다!" 지니가 높은 목소리로 외쳤다. "보세요, 엄마! 내가 봤……."

《해리 포터와 마법사의 돌》,
17장. '두 얼굴을 가진 남자'

5월 9일

"왜 이래, 지니는 그렇게 나쁘지 않아." 조지가 프레드 옆에 앉으며 객관적인 평가를 내렸다. "사실, 난 지니가 어떻게 그렇게 잘하는지 모르겠어. 우리가 퀴디치를 할 때 한 번도 끼워 준 적이 없다는 걸 생각해 보면 말이야."

"지니는 여섯 살 때부터 정원에 있는 빗자루 창고에 몰래 들어가서, 너희가 안 보고 있을 때 너희 빗자루를 번갈아 가면서 타 보곤 했어." 헤르미온느가 위태롭게 쌓인 고대 룬문자 책 더미 뒤에서 말했다.

"아." 조지가 약간 감명받은 표정을 지어 보였다. "뭐, 그럼 설명이 되네."

《해리 포터와 불사조 기사단》,
26장. '본 것과 미리 보지 못한 것'

5월 10일

해리는 주위를 둘러보았다. 지니가 그에게 달려오고 있었다. 해리를 껴안는 그녀의 얼굴에 격앙된 감정이 어려 있었다. 해리는 아무런 생각도 없이, 아무런 계획도 없이, 쉰 명의 아이들이 지켜보고 있다는 사실은 아랑곳하지 않고 그녀에게 키스했다.

《해리 포터와 혼혈 왕자》,
24장. '섹툼셈프라'

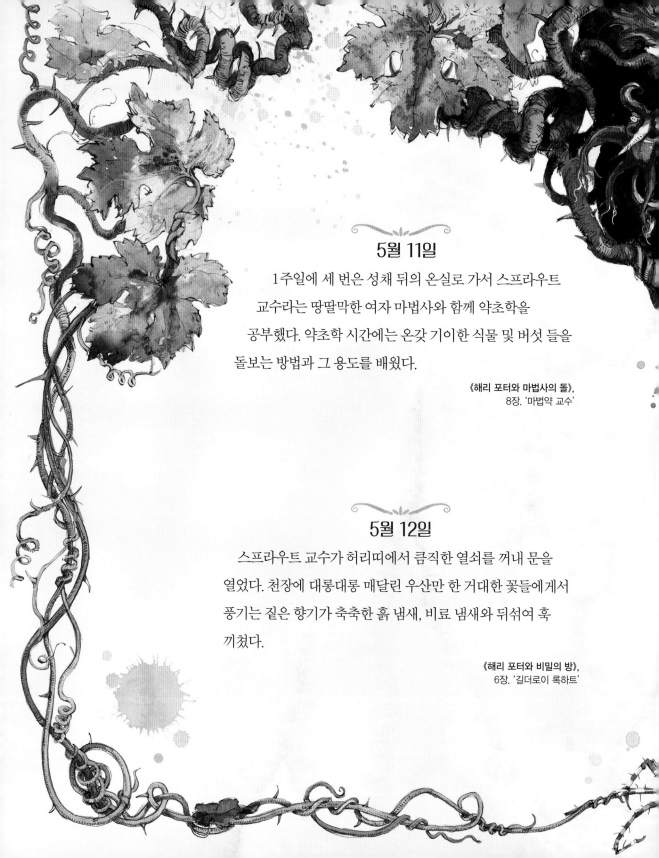

5월 11일

1주일에 세 번은 성채 뒤의 온실로 가서 스프라우트
교수라는 땅딸막한 여자 마법사와 함께 약초학을
공부했다. 약초학 시간에는 온갖 기이한 식물 및 버섯 들을
돌보는 방법과 그 용도를 배웠다.

《해리 포터와 마법사의 돌》,
8장. '마법약 교수'

5월 12일

스프라우트 교수가 허리띠에서 큼직한 열쇠를 꺼내 문을
열었다. 천장에 대롱대롱 매달린 우산만 한 거대한 꽃들에게서
풍기는 짙은 향기가 축축한 흙 냄새, 비료 냄새와 뒤섞여 훅
끼쳤다.

《해리 포터와 비밀의 방》,
6장. '길더로이 록하트'

5월 13일

옷에는 흙이 잔뜩 묻어 있는 일이 많았고, 손톱은 피튜니아

이모를 기절하게 만들 정도였다.

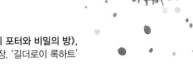

《해리 포터와 비밀의 방》,
6장. '길더로이 록하트'

5월 14일

"멍울초란다." 스프라우트 교수가 활기차게 말했다. "저걸 짜 줘야 해.

너희는 그 고름을 모아서……."

"뭘 모은다고요?" 셰이머스 피니건이 역겹다는 표정을 지으며 말했다.

"고름 말이다, 피니건. 고름." 스프라우트 교수가 말했다. "아주 귀한 거니까

함부로 쓰면 안 돼."

《해리 포터와 불의 잔》,
13장. '매드아이 무디'

5월 15일

스프라우트 교수 생일

스프라우트 교수는 빠른 걸음으로 사라졌다. 그녀가 웅얼거리는 소리가

들려왔다. "독손가락, 악마의 덫. 올가미 나무 꼬투리…… 그래, 죽음을 먹는

자들이 그것들과 어떻게 싸울지 보고 싶네."

《해리 포터와 죽음의 성물》,
30장. '세베루스 스네이프의 노수'

5월 16일

높은 창문을 통해 눈부신 황금빛 햇살이 복도로 쏟아지고 있었다.
바깥의 하늘은 광택이라도 낸 것처럼 아주 밝은 파란색이었다.

《해리 포터와 불의 잔》,
29장. '꿈'

5월 17일

트릴로니 교수는 허리를 구부리고 의자 밑에서 유리
돔에 들어 있는 작은 태양계 모형을 꺼냈다. 아름다운
물건이었다. 불타는 태양과 아홉 개의 행성 주위를 맴도는
위성들이 각자의 자리에서 빛났다. 그 모든 것이 유리 돔 속
공중에 떠 있었다.

《해리 포터와 불의 잔》,
29장. '꿈'

5월 18일

"허허, 이런. 이거 대단히 훌륭하구나." 한 시간 반이 지났을
때 슬러그혼이 햇빛처럼 노란색을 띤 해리의 솥단지 내용물을
내려다보며 손뼉을 쳤다. "행복 묘약, 맞지? 그런데 이 냄새는 뭘까?
음…… 박하 잔가지를 넣었군. 그렇지? 정통적인 방법은 아니지만
영감이 뛰어나구나, 해리."

《해리 포터와 혼혈 왕자》,
22장. '장례식 이후'

5월 19일

해는 쪽빛으로 변해 가는 하늘에서 점점 더 아래로 미끄러졌다. 용은
여전히 날고 있었고, 밑에서는 도시와 마을 들이 점점 모습을 감췄다. 용의
거대한 그림자가 크고 어두운 구름처럼 땅 위를 미끄러져 나아갔다. 해리는
용의 등을 꽉 붙들고 있느라 온몸이 쑤셨다.

《해리 포터와 죽음의 성물》,
27장. '최후의 은닉처'

5월 20일

캐비닛 안에는 돌로 만든 얕은 대야가 놓여
있었다. 대야 가장자리에는 해리가 알아볼 수 없는
룬문자와 기호 같은 이상한 무늬가 새겨져 있었다.
은색 빛줄기는 대야 안에서 흘러나오고 있었다. 그
안에 있는 것은 해리가 지금까지 본 어떤 것과도
달랐다.

《해리 포터와 불의 잔》,
30장. '펜시브'

5월 21일

해리는 촉감이 어떨지 만져 보고 싶었지만 마법 세계에서 보낸
4년에 걸친 경험 덕분에 미지의 물질로 가득 찬 그릇에 손을
집어넣는 건 매우 멍청한 짓임을 알고 있었다.

《해리 포터와 불의 잔》,
30장. '펜시브'

5월 22일

"피튜니아는 네가 나한테 거짓말을 하는 거랬어. 호그와트 같은 건 없다고. 하지만 *진짜지?*"

"우리한테는 진짜야." 스네이프가 말했다. "피튜니아한테는 아니고. 하지만 우린 편지를 받게 될 거야. 너랑 나는."

"정말?" 릴리가 속삭였다.

"확실해." 스네이프가 말했다.

《해리 포터와 죽음의 성물》,
33장. '왕자의 이야기'

5월 23일

덤블도어는 로브 속에서 마법 지팡이를 꺼내더니 그 끝을 관자놀이 근처 은빛 머리카락 속에 갖다 댔다. 그가 마법 지팡이를 떼자 그 끝에 머리카락이 붙어 있는 것처럼 보였다. 하지만 해리는 곧 그 반짝거리는 머리카락 같은 것이 펜시브를 채우고 있는 이상한 은백색 물질 한 가닥이라는 사실을 알아차렸다.

《해리 포터와 불의 잔》,
30장. '펜시브'

5월 24일

"열어." 해리가 낮고 희미하게 쉿쉿 소리를 냈다.

벽이 양쪽으로 열리면서 뱀들이 반으로 갈라졌다가 눈앞에서 스르르

사라지자, 해리는 부들부들 떨면서 안으로 걸어 들어갔다.

《해리 포터와 비밀의 방》,
16장. '비밀의 방'

5월 25일

그는 흐릿하게 불 밝힌 기다란 방 한쪽 끝에 서 있었다. 더 많은
뱀 조각이 뒤엉켜 있는 높은 돌기둥들이 어둠에 묻혀 보이지 않는
천장을 떠받치고 서서, 공간을 가득 채운 기이한 초록빛 어둠
속으로 길고 검은 그림자를 드리우고 있었다.

《해리 포터와 비밀의 방》,
17장. '슬리데린의 후계자'

5월 26일

"난 나를 위해 새로운 이름을 마련했어. 언젠가 내가 이 세상에서
가장 위대한 마법사가 됐을 때 만방의 마법사들이
두려워서 감히 입에 담지도 못할 이름을 말이야!"

톰 리들

《해리 포터와 비밀의 방》,
17장. '슬리데린의 후계자'

5월 27일

해리, 론, 헤르미온느는 오직 셋이서만 다니며 밤늦게까지 공부했다. 복잡한
마법약에 들어가는 재료들을 외우려 애쓰고, 수업 시간에 배운 마법들과
주문들을 익히고, 마법적 발견이나 고블린 반란이 있었던 날짜를 머릿속에
집어넣으면서…….

《해리 포터와 마법사의 돌》,
15장. '금지된 숲'

5월 28일

헤르미온느는 체스를 통해 처음으로 패배를 맛봤는데,
해리와 론은 그것이 그녀에게 매우 좋은 일이라고
생각했다.

《해리 포터와 마법사의 돌》,
13장. '니콜라 플라멜'

5월 29일

맥고나걸 교수도 자리에서 일어났다. 키가 컸기에, 그녀의
움직임은 훨씬 눈에 잘 띄었다. 그녀는 우뚝 서서 엄브리지 교수를
내려다보았다.

"포터." 그녀의 목소리가 연구실 안을 쩌렁쩌렁 울렸다. "무슨
일이 있어도 네가 오러가 되도록 도와주마! 내가 매일 밤 너를 직접
가르쳐야 할지라도, 네가 그쪽에서 요구하는 결과를 반드시 얻도록 해 주겠다!"

《해리 포터와 불사조 기사단》,
29장. '진로 상담'

5월 30일

해리는 시든 가지 한 아름을 비료 더미에 쏟아부으러 갔다가 어니 맥밀런과
마주쳤다. 어니는 한 차례 숨을 깊게 들이쉬더니 제법 정중하게 말했다. "그냥 이
얘기를 하고 싶었어, 해리. 너를 의심해서 미안해. 네가 결코 헤르미온느 그레인저를
공격할 리 없다는 걸 알아. 내가 했던 말 전부 사과할게."

《해리 포터와 비밀의 방》,
15장. '아라고그'

5월 31일

날씨조차 그들을 축하해 주는 것 같았다. 6월이 다가오면서 날은 구름 한 점
없이 뜨거워졌고, 다들 하고 싶은 일이라고는 얼음을 넣은 호박 주스를 들고 교정을
어슬렁거리다가 잔디밭에 털썩 주저앉는 것뿐이었다. 어쩌면 편안하게 곱스톤이나 한 게임
하거나 대왕오징어가 꿈처럼 호수 표면을 가로지르며 나아가는 것을 지켜보면서…….

《해리 포터와 아스카반의 죄수》,
16장. '트릴로니 교수의 예언'

6월

June

햇빛이 내리쬐는 교정은 새로 색칠한 것처럼 빛나고 있었다.
구름 한 점 없는 하늘은 매끄럽게 반짝이는 호수에 비친
자기 모습을 보고 미소 지었다.
보드랍고 윤이 나는 초록색 잔디는 산들바람에 가끔씩 물결쳤다.

6월 1일

"당연한 얘기지만 중요한 건 뭘 아는지가 아니야." 시험이 시작되기 며칠 전, 마법약 교실 앞에서 그가 크래브와 고일에게 큰 소리로 말하는 것이 들렸다. "누구를 아는지가 중요하지."

《해리 포터와 불사조 기사단》,
31장. 'O.W.L.'

6월 2일

"롱보텀, 만약 사람의 뇌가 금으로 돼 있다면 너는 위즐리보다 더 가난할 거야. 이거 보통 일이 아니라고." 드레이코 말포이

《해리 포터와 마법사의 돌》,
13장. '니콜라 플라멜'

6월 3일

심지어 프레드와 조지 위즐리조차 공부하는 모습이 눈에 띄었다. 그들은 머잖아 O.W.L.(보통 마법사 등급) 시험을 치러야 했다. 퍼시는 N.E.W.T.(고약하게 힘든 마법사 시험)라는, 호그와트 최고의 자격시험을 준비 중이었다.

《해리 포터와 아즈카반의 죄수》,
16장. '트릴로니 교수의 예언'

6월 4일

파르바티가 숨을 죽이고 주문을 연습하자 그녀 앞의 소금 통이 들썩거렸다. 헤르미온느는《마법의 성과들》을 다시 읽고 있었는데, 어찌나 빠르게 읽는지 눈알이 흐릿해 보일 지경이었다. 네빌은 끊임없이 나이프와 포크를 떨어뜨리고 마멀레이드 병을 쳐서 넘어뜨렸다.

《해리 포터와 불사조 기사단》,
31장. 'O.W.L.'

6월 5일

드레이코 말포이 생일

"조금 있으면 마법사 가문 사이에도 어마어마한 수준 차이가 있다는 걸 알게 될 거야, 포터. 엉뚱한 부류와 친구가 되고 싶진 않겠지. 그 부분은 내가 도와줄 수 있는데."

드레이코 말포이

《해리 포터와 마법사의 돌》,
6장. '9와 4분의 3번 승강장에서 떠나는 여행'

6월 6일

"자동 정답 깃펜은 시험장 안에 갖고 들어갈 수 없고, 리멤브럴이나 탈부착 커닝
옷소매, 자동 수정 잉크도 마찬가지입니다."

미네르바 맥고나걸

《해리 포터와 불사조 기사단》,
31장. 'O.W.L.'

6월 7일

실기시험도 보았다. 플리트윅 교수는 학생들을 한 사람 한 사람
교실로 불러 파인애플이 탭댄스를 추며 책상 위를 이동하게 만들 수
있는지 보았다.

《해리 포터와 마법사의 돌》,
16장. '바닥의 문을 지나서'

6월 8일

"자…… 나랑 마지막 남은 스크루트 보러 갈 사람?
농담이야. 농담한 거라니까!" 그는 그들의 표정을 보고 얼른
덧붙였다.

《해리 포터와 불의 잔》,
37장. '시작'

6월 9일

성은 일요일치고도 아주 조용한 것 같았다. 모두가 햇볕 가득한 교정에 나가 시험이 끝난
기분을 만끽하면서, 학기가 끝날 때까지 며칠 동안은 시험공부나 숙제 때문에 괴로워하지
않아도 된다는 생각을 즐기고 있는 게 분명했다.

《해리 포터와 불사조 기사단》,
38장. '두 번째 전쟁의 시작'

6월 10일

"내가…… 내가 예전에 빌이 달았던 거랑 똑같은 배지를 달고 있어. 기숙사 우승컵이랑

퀴디치 우승컵도 들고 있고. 퀴디치 주장도 됐어!" 론 위즐리

《해리 포터와 마법사의 돌》,
12장. '소망의 거울'

6월 11일

점점 커져 가는 노랫소리는 녹색과 은색 옷을 입은 슬리데린 학생

무리가 아니라 천천히 성으로 향하는 붉은색과 황금색 무리에서

흘러나오고 있었다. 수많은 사람이 어깨 위에 한 사람을 올려놓고 있었다.

"위즐리는 우리의 왕.

위즐리는 우리의 왕.

쿼플을 허용하지 않은

위즐리는 우리의 왕……."

《해리 포터와 불사조 기사단》,
30장. '그롭'

6월 12일

그때 우드가 얼굴이 눈물로 범벅되어 앞이 잘 보이지 않는 상태로 빠르게 다가왔다.

그는 해리의 목을 꽉 끌어안더니 그의 어깨에 얼굴을 묻고 걷잡을 수 없이 흐느껴 울었다.

프레드와 조지가 차례차례 그들에게 쿵 부딪치는 소리가 들렸다. 그다음 "우리가 우승컵을

따냈어! 우리가 우승컵을 차지했다고!" 하는 얼리샤와 케이티의 목소리가 들렸다.

《해리 포터와 아즈카반의 죄수》,
15장. '퀴디치 결승전'

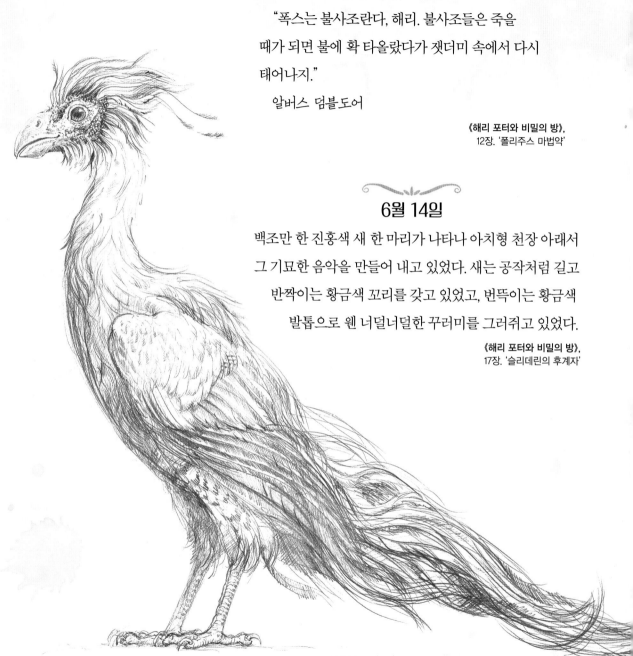

6월 13일

"폭스는 불사조란다, 해리. 불사조들은 죽을
때가 되면 불에 확 타올랐다가 잿더미 속에서 다시
태어나지."

알버스 덤블도어

《해리 포터와 비밀의 방》,
12장. '폴리주스 마법약'

6월 14일

백조만 한 진홍색 새 한 마리가 나타나 아치형 천장 아래서
그 기묘한 음악을 만들어 내고 있었다. 새는 공작처럼 길고
반짝이는 황금색 꼬리를 갖고 있었고, 번뜩이는 황금색
발톱으로 웬 너덜너덜한 꾸러미를 그러쥐고 있었다.

《해리 포터와 비밀의 방》,
17장. '슬리데린의 후계자'

6월 15일

불사조가 한 차례 부드럽게 떨리는 울음소리를 냈다. 그 소리가
공기를 울리자, 해리는 뜨거운 액체 한 방울이 목구멍을 지나 뱃속으로
들어가 몸을 데우고 힘을 주는 것 같은 기분이 들었다.

《해리 포터와 불의 잔》,
36장. '갈림길'

6월 16일

"해리의 마법 지팡이와 볼드모트의 마법 지팡이는 같은
심지를 가지고 있네. 둘 다 같은 불사조의 꼬리 깃이 들어 있지.
사실은 이 불사조의 깃털이라네." 그는 해리의 무릎에 평온하게
앉아 있는 주홍색과 황금색의 새를 가리키며 덧붙였다.

《해리 포터와 불의 잔》,
36장. '갈림길'

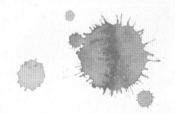

6월 17일

"참으로 다사다난한 한해였지요! 여러분 모두의 머리가 예전보다는 좀 더 채워졌길
바랍니다……. 다음 학기가 시작되기 전까지 머릿속을 상쾌하게 비워 낼 여름방학이 통째로
남아 있어요." 알버스 덤블도어

《해리 포터와 마법사의 돌》,
17장. '두 얼굴을 가진 남자'

6월 18일

"용기에는 여러 가지 종류가 있습니다." 덤블도어가 미소를
지으며 말했다. "적에게 맞서는 데도 어마어마한 용기가 필요하지만,
친구들에게 맞서는 데도 마찬가지의 용기가 필요하지요. 그러므로
네빌 롱보텀 군에게 10점을 드립니다."

《해리 포터와 마법사의 돌》,
17장. '두 얼굴을 가진 남자'

6월 19일

한편 그리핀도르 기숙사는 퀴디치 시합에서의 우수한 성적에 크게 힘입어 3년 연속으로
기숙사 챔피언십에서 우승했다. 이는 종강 연회가 진홍색과 금색 장식들에 에워싸인 채 열릴
것이며, 모두가 축하하는 와중에 그리핀도르 식탁이 가장 시끄러울 것이라는 뜻이었다.

《해리 포터와 아즈카반의 죄수》,
22장. '다시. 부엉이 우편'

6월 20일

"볼드모트 경은 불화와 적의를 퍼뜨리는 능력이 아주 뛰어납니다. 반대로 우리는 강력한 우정과 신뢰의 결속을 보여 줄 때만 그와 맞서 싸울 수 있습니다. 우리의 목표가 같고 마음이 열려 있다면 관습과 언어의 차이는 아무것도 아닙니다." 알버스 덤블도어

《해리 포터와 불의 잔》,
37장. '시작'

6월 21일

"우리의 진정한 모습을 보여 주는 건 말이다, 해리, 우리가 가진 능력이 아니라 우리가 하는 선택이란다."
알버스 덤블도어

《해리 포터와 비밀의 방》,
18장. '도비가 받은 보상'

6월 22일

"볼드모트라고 부르거라, 해리. 뭔가를 부를 때는 항상 알맞은 이름을 써야지. 이름을 두려워하면, 그것 자체에 대한 두려움도 커지기 마련이다." 알버스 덤블도어

《해리 포터와 마법사의 돌》,
17장. '두 얼굴을 가진 남자'

6월 23일

"물론 장애물이 있을 거야." 배그먼이 발끝으로 깡충깡충 뛰며 신나서 말했다. "해그리드가 수많은 생명체를 제공할 거다. 깨뜨려야 하는 마법 주문이라든가, 뭐 그런 게 아주 많을 거야."

《해리 포터와 불의 잔》,
28장. '크라우치 장관의 광기'

6월 24일

트라이위저드 대회
세 번째 과제
세드릭 디고리 기일

트라이위저드 우승컵이 100미터도 채 떨어지지 않은 곳에 있는 받침대 위에서 빛나고 있었다. 해리가 막 달리기 시작한 순간, 앞쪽에 있는 통로에서 어떤 어두운 형체가 불쑥 튀어나왔다.

세드릭이었다. 그가 목표 지점에 먼저 도착할 것 같았다. 그는 우승컵을 향해 전력 질주하고 있었고, 해리는 결코 그를 따라잡을 수 없다는 것을 알았다.

《해리 포터와 불의 잔》,
31장. '세 번째 과제'

6월 25일

"둘이 같이 하자." 해리가 말했다.

"뭐?"

"동시에 잡는 거야. 어쨌든 호그와트가 우승하는 거잖아. 공동 우승으로 하자."

세드릭은 해리를 뚫어지게 바라보았다. 그가 팔짱을 풀었다. "너, 너 진심이야?"

《해리 포터와 불의 잔》,
31장. '세 번째 과제'

6월 26일

"오늘 밤에는 여러분 모두에게 하고 싶은 말이 무척 많습니다." 덤블도어가 말했다. "하지만 먼저 이곳에 앉아 있어야 할 아주 훌륭한 사람 하나를 잃었다는 사실을 언급하지 않을 수 없군요." 그는 후플푸프 학생들을 손짓했다. "여기에 앉아, 우리와 함께 연회를 즐겼어야 할 사람 말입니다. 여러분 모두, 부디 자리에서 일어나 세드릭 디고리를 위해 잔을 들어 주길 바랍니다."

《해리 포터와 불의 잔》,
37장. '시작'

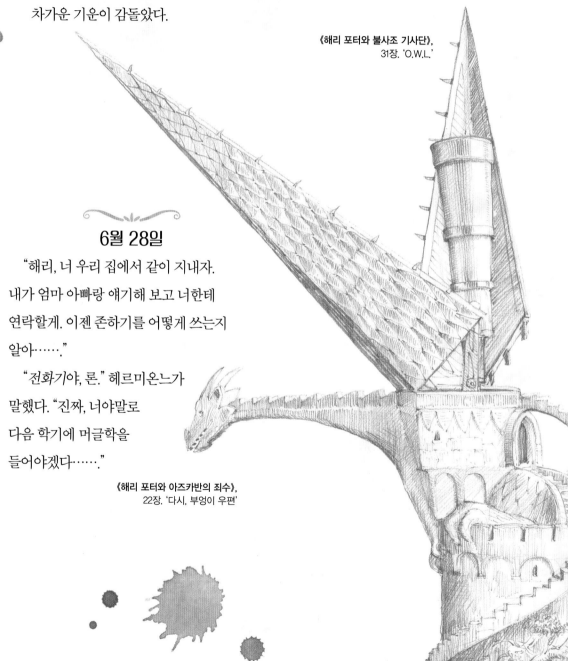

6월 27일

그들은 11시에 천문탑 꼭대기에 도착했다. 구름 한 점 없이 고요한, 별을
관측하기에 완벽한 밤이었다. 교정은 은색 달빛에 잠겨 있었고, 공기에는 약간
차가운 기운이 감돌았다.

《해리 포터와 불사조 기사단》,
31장. 'O.W.L.'

6월 28일

"해리, 너 우리 집에서 같이 지내자.
내가 엄마 아빠랑 얘기해 보고 너한테
연락할게. 이젠 존하기를 어떻게 쓰는지
알아……."

"전화기야, 론." 헤르미온느가
말했다. "진짜, 너야말로
다음 학기에 머글학을
들어야겠다……."

《해리 포터와 아즈카반의 죄수》,
22장. '다시, 부엉이 우편'

6월 29일

그리고 갑작스럽게, 옷장이 비워지고 짐들이 꾸려지고 화장실 구석에서
네빌의 두꺼비가 발견되었다. 방학 중에는 마법을 사용해서는 안 된다는
경고문이 담긴 통지서가 학생 모두에게 전달됐다("난 학교에서 이걸 나눠 주는
일을 까먹으면 좋겠다고 늘 생각했어"라고, 프레드 위즐리가 슬픈 듯 말했다).

《해리 포터와 마법사의 돌》,
17장. '두 얼굴을 가진 남자'

6월 30일
천문탑에서의 전투
알버스 덤블도어 기일

"내가 진정으로 이 학교를 떠나는 건 내게 충실한
이가 한 명도 없게 될 때뿐이라는 걸 알게 될 걸세.
또한 호그와트에서는 도움을 요청하는 사람에게
언제나 도움이 주어지리란 것도 알게 될 테고."

알버스 덤블도어

《해리 포터와 비밀의 방》,
14장. '코닐리어스 퍼지'

7월

July

올여름 가장 무더웠던 하루가 저물고 있었다.
프리빗가의 커다란 정사각형 집들 위로
나른한 침묵이 내려앉았다.

7월 1일

해리는 몸을 굴려 똑바로 누웠다. 방금까지 꾸었던 꿈을 떠올려 보려고
애썼다. 기분 좋은 꿈이었다. 날아다니는 오토바이가 나왔다. 예전에도 그
꿈을 꾼 적이 있었던 것 같은 이상한 기분이 들었다.

《해리 포터와 마법사의 돌》,
2장. '사라진 유리창'

7월 2일

해리는 더즐리 가족과 거의 10년을 함께 살았다. 비참한 10년이었다. 부모님이
문제의 자동차 사고로 돌아가신 아기 때부터, 기억하는 한 평생 그들과 함께 산
것이다. 해리는 부모님이 돌아가셨을 때 자신이 그 차에 타고 있었는지 기억하지
못했다. 이따금 벽장 속에서 오랜 시간을 보내며 기억을 짜내다 보면 이상한
광경이 떠오르기도 했다. 눈이 멀 정도로 밝은 초록빛 섬광과 이마에 느껴지는
타는 듯한 통증.

《해리 포터와 마법사의 돌》,
2장. '사라진 유리창'

7월 3일

호그와트가 너무나도 그리운 마음에 해리는 꼭
끊임없는 가슴 통증에 시달리는 것 같았다.

《해리 포터와 비밀의 방》,
1장. '최악의 생일'

7월 4일

더들리가 빈둥빈둥 아이스크림을 먹으며 지켜보는 가운데 해리는 창문을 닦고, 세차를 하고, 잔디를 깎고, 꽃밭을 손질하고, 장미 가지를 친 다음 물을 주고, 정원 벤치를 다시 페인트칠했다.

《해리 포터와 비밀의 방》,
1장. '최악의 생일'

7월 5일

"우리 더디, 고모 오시기 전에 몸단장해야겠네." 피튜니아 이모가 더들리의 숱 많은 금발을 매만지며 말했다. "엄마가 우리 더디 주려고 사랑스러운 새 나비넥타이를 사 왔지요."

《해리 포터와 아즈카반의 죄수》,
2장. '마지 고모의 큰 실수'

126

7월 6일

"우리 집에서는 절대 안 돼, 피튜니아! 처음
키우기로 했을 때, 그런 위험하고 말도 안 되는
생각은 뿌리째 뽑기로 약속하지 않았어?"

　　버넌 더즐리

《해리 포터와 마법사의 돌》,
3장. '발신자 없는 편지들'

7월 7일

"대부?" 버넌 이모부가 침을 튀겼다. "너한테 대부가 어딨어!"

"아뇨, 있어요." 해리가 밝은 목소리로 말했다. "우리 엄마 아빠의
가장 친한 친구였어요. 유죄판결을 받은 살인자지만, 마법사
감옥에서 탈출해서 도주 중이에요. 그래도 저랑은 연락하며 지내고
싶어 하시네요……. 제 소식도 계속 듣고…… 제가 잘 지내는지
확인도 하고요……."

《해리 포터와 아즈카반의 죄수》,
22장. '다시, 부엉이 우편'

127

7월 8일

해리 포터는 여러 면에서 아주 특이한 소년이었다. 일단 그는
1년 중 어느 때보다도 여름방학을 싫어했다. 또 정말로 숙제를
하고 싶어 했지만, 어쩔 수 없이 한밤중에 몰래 해야만 했다.

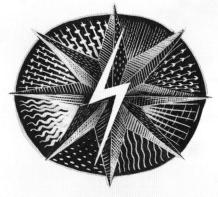

《해리 포터와 아즈카반의 죄수》,
1장. '부엉이 우편'

7월 9일

해리가 '괴물들에 관한 괴물 책'이라는 황금색 제목이 선명하게 새겨져 있는 근사한
초록색 표지를 확인한 순간, 책은 홱 뒤집혀 모로 서더니 마치 기괴한 게처럼 옆걸음으로
침대 위를 달음쳐 갔다.

《해리 포터와 아즈카반의 죄수》,
1장. '부엉이 우편'

7월 10일

"버넌 더즐리입니다."
때마침 그곳에 함께 있었던 해리는 수화기를 통해
들려오는 론의 목소리를 듣는 순간 얼어붙고 말았다.
"안녕하세요? 저기요? 들리세요? 해리, 포터랑, 얘기를,
하고, 싶은데요!"

《해리 포터와 아즈카반의 죄수》,
1장. '부엉이 우편'

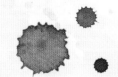

7월 11일

포장지를 뜯자 은색 글자가 찍혀 있는 번쩍이는 검은색 가죽 상자가 보였다. 심장이
쿵쾅거렸다. '빗자루 손질 용품 세트'.

"와, 헤르미온느!" 지퍼를 열고 안을 들여다본 해리가 숨죽여 외쳤다.

《해리 포터와 아즈카반의 죄수》,
1장. '부엉이 우편'

7월 12일

커다란 옷장 위에 걸터앉아 있던 헤드위그가 해리를 보고 기쁘게 부엉부엉
울더니 창밖으로 날아갔다. 해리는 녀석이 사냥을 나가기 전에 그를 보려고
기다리고 있었다는 것을 알았다.

《해리 포터와 혼혈 왕자》,
5장. '끈적끈적가 너무해'

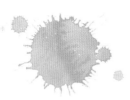

7월 13일

오늘 저녁 9시 12분, 귀하의 거주지에서 부유 마법이
사용되었다는 정보를 입수했습니다.

마팔다 홉커크

《해리 포터와 비밀의 방》,
2장. '도비의 경고'

7월 14일

"엑스펙토 패트로눔!"

마법 지팡이 끝에서 커다란 은빛 수사슴이 뛰쳐나오더니 디멘터의 심장이 있을 법한
곳을 뿔로 들이받았다. 디멘터는 어둠처럼 힘없이 뒤로 나가떨어졌다. 수사슴이 또다시
돌진하자 디멘터는 눈먼 박쥐처럼 휙 물러서더니 사라져 버렸다.

《해리 포터와 불사조 기사단》,
1장. '디멘터의 공격을 받은 더들리'

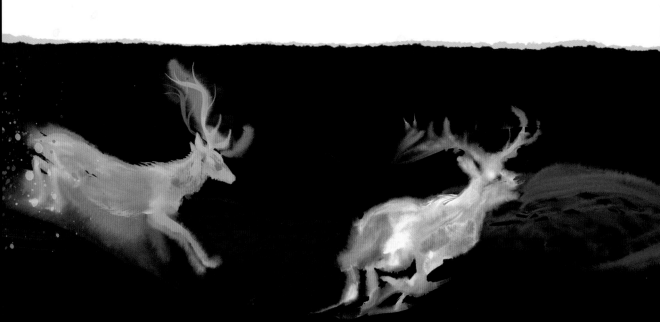

7월 15일

"마법 지팡이는 꺼내 놓거라." 위스테리아가에 들어서며 피그 부인이 해리에게 말했다. "지금은 비밀 유지 법령 따위 신경 쓰지 말거라. 어쨌거나 엄청난 대가를 치르기는 마찬가지니까. 용의 알 때문이든 용 때문이든 교수형을 당하는 건 똑같다는 얘기야." 아라벨라 피그

《해리 포터와 불사조 기사단》,
2장. '부엉이 떼'

7월 16일

"자, 해리. 저 밤의 어둠 속으로 나가 보자. 우리를 유혹하는 저 변덕스러운 모험이란 것을 한번 해 보자꾸나."

알버스 덤블도어

《해리 포터와 혼혈 왕자》,
3장. '시리우스의 유언'

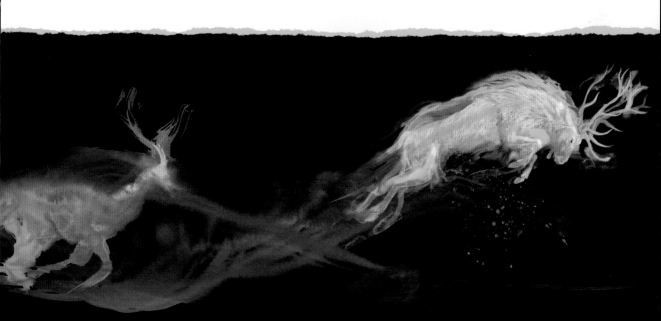

7월 17일

버로에서의 생활은 프리빗가에서의 생활과는 하늘과 땅 차이였다. 더즐리네는 모든 것이 깔끔하게 정돈되어 있는 것을 좋아했다. 위즐리네 집은 낯설고 예상하지 못했던 것들로 넘쳐났다.

《해리 포터와 비밀의 방》,
4장. '플러리시 앤 블러츠 서점에서'

7월 18일

해리, 론, 프레드와 조지는 언덕 위에 있는 위즐리 가족 소유의 작은 방목지에 갈 계획이었다. 그곳은 나무로 둘러싸여 있어서 아래 있는 마을에서는 보이지 않았다. 즉 너무 높이 날지만 않으면 퀴디치 연습을 할 수 있었다. 진짜 퀴디치 공은 방목지를 빠져나가 마을로 날아가 버리면 해명하기가 너무 힘들 테니 사용할 수 없었다. 대신 그들은 서로 사과를 던지고 받았다.

《해리 포터와 비밀의 방》,
4장. '플러리시 앤 블러츠 서점에서'

7월 19일

다락에 사는 굴은 사방이 너무 조용해진다 싶을 때마다 울부짖으며 파이프를 떨어뜨렸고, 프레드와 조지의 방에서 일어나는 작은 폭발은 지극히 정상적인 일처럼 여겨졌다.

《해리 포터와 비밀의 방》,
4장. '플러리시 앤 블러츠 서점에서'

7월 20일

해리는 뒤에 있는 천막 입구를 통해 가냘픈 황금색 의자들이 긴 자주색 카펫 양옆에 줄지어 놓여 있는 것을 보았다. 흰색과 황금색 꽃들이 천막을 받치는 지지대를 휘감고 있었다. 프레드와 조지는 조금 있으면 빌과 플뢰르가 남편과 아내가 될 자리 위에 엄청난 수의 황금색 풍선 다발을 매달아 놓았다.

《해리 포터와 죽음의 성물》,
8장. '결혼식'

7월 21일

해리는 푸짐하게 잘 먹은 기분을 느끼며, 땅요정들이 장미 덤불 사이로 전력 질주하는 광경을 세상 편안한 마음으로 지켜보았다. 크룩섕스가 미친 듯이 웃음을 터뜨리는 땅요정들을 바짝 뒤쫓고 있었다.

《해리 포터와 불의 잔》,
5장. '위즐리 형제의 위대하고 위험한 장난감'

7월 22일

피튜니아 이모의 걸작 디저트가, 크림이 산처럼 쌓여 있고 설탕에 절인 제비꽃으로 장식된 그 디저트가 천장 근처에 둥실둥실 떠 있었다. 부엌 한구석 찬장 위에 도비가 웅크리고 있었다.

"안 돼." 해리가 쉰 목소리로 말했다. "제발…… 저 사람들이 날 가만두지 않을 거야……."

《해리 포터와 비밀의 방》,
2장. '도비의 경고'

7월 23일

"위즐리 아저씨, 저 해리인데요……. 벽난로가 막혀 있어요. 그리로는 못 나와요."

"젠장!" 위즐리 씨의 목소리가 들렸다. "대체 왜 벽난로를 막아 놓는 거야?"

《해리 포터와 불의 잔》,
4장. '다시 버로로'

7월 24일

"지거리 포커리!" 해리가 사나운 목소리로 말했다. "호커스 포커스…… 스퀴글리 위글리……."

"엄마아아아아아!" 더들리가 울부짖으며 황급히 집으로 달려가다가 자기 발에 걸려 넘어졌다. "엄마아아아! 쟤 그거 해!"

《해리 포터와 비밀의 방》,
1장. '최악의 생일'

7월 25일

해그리드가 우산을 꽉 잡더니 머리 위로 빙그르르 돌렸다. "절대로……." 해그리드가 천둥처럼 소리쳤다. "내 앞에서…… 알버스…… 덤블도어를…… 모욕하지 마!"

《해리 포터와 마법사의 돌》,
4장. '숲지기'

7월 26일

버넌 이모부가 바다 저 멀리 떠 있는, 커다란 바위 같은 것을 가리켰다. 그 바위 꼭대기에는 상상을 초월할 만큼 처참한 모습의 조그만 오두막이 있었다.

《해리 포터와 마법사의 돌》,
3장. '발신자 없는 편지들'

7월 27일

떨리는 손으로 봉투를 뒤집자 어떤 문장(紋章)이 찍혀 있는 보라색 밀랍 봉인이 보였다. 사자와 독수리, 오소리와 뱀이 커다란 'H'자를 휘감고 있는 문장이었다.

《해리 포터와 마법사의 돌》,
3장. '발신자 없는 편지들'

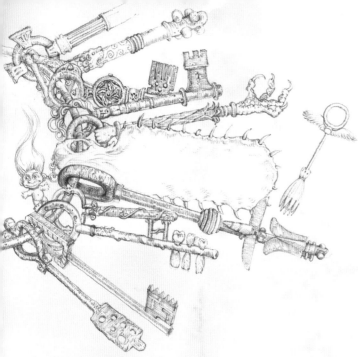

7월 28일

"지난번 봤을 때는 아기였는데." 거인이 말했다. "넌 아빠를 많이 닮았어. 눈은 엄마랑 똑같지만."

루비우스 해그리드

《해리 포터와 마법사의 돌》,
4장. '숲지기'

7월 29일

거인이 검은색 코트 주머니에서 살짝 찌그러진 상자를 하나 꺼냈다. 해리는 떨리는 손으로 상자를 열었다. 안에는 초록색 아이싱으로 '생일 축하한다 해리'라고 쓴, 크고 끈적끈적한 초콜릿 케이크가 들어 있었다.

《해리 포터와 마법사의 돌》,
4장. '숲지기'

7월 30일
네빌 롱보텀 생일

"우리 모두는 계속 싸울 거야, 해리. 알지?"

네빌 롱보텀

《해리 포터와 죽음의 성물》,
34장. '다시, 숲으로'

"해리…… 너는 마법사야."

오두막에 정적이 흘렀다. 오직 바다 소리, 바람이 부는
휘파람 소리만 들려올 뿐이었다.

"제가 뭐라고요?" 해리는 숨이 턱 막히는 듯했다.

《해리 포터와 마법사의 돌》,
4장, '숲지기'

8월

August

모두가 후식(수제 딸기 아이스크림)을 먹기 전,
위즐리 씨가 마법으로 양초 여러 개를 만들어
어둠이 내리고 있는 정원을 밝혔다.
식사를 마쳤을 무렵에는 나방들이 식탁 위를 낮게 날아다녔고
따뜻한 공기에는 풀과 인동덩굴 내음이 배어 있었다.

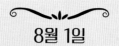

8월 1일

빨간 지붕 위에 굴뚝 너덧 개가 자리 잡고 있었다. 입구 근처에는 '버로(Burrow)'라고 적힌
표지판이 땅에 비뚜름하게 꽂혀 있고, 문 주변에는 장화와 심하게 녹이 슨 솥이 아무렇게나
뒤섞여 있었다. 뚱뚱한 갈색 닭 몇 마리가 땅바닥을 쪼아 대며 마당을 돌아다녔다.

《해리 포터와 비밀의 방》,
3장. '버로'

8월 2일

해리는 바닥에 놓인 저절로 섞이는 카드 한 뭉치를 넘어가서 작은
창문을 내다보았다. 저 아래 들판에서 위즐리네 집 울타리를 지나
하나씩 하나씩 살금살금 돌아오는 땅요정 무리가 보였다.

《해리 포터와 비밀의 방》,
3장. '버로'

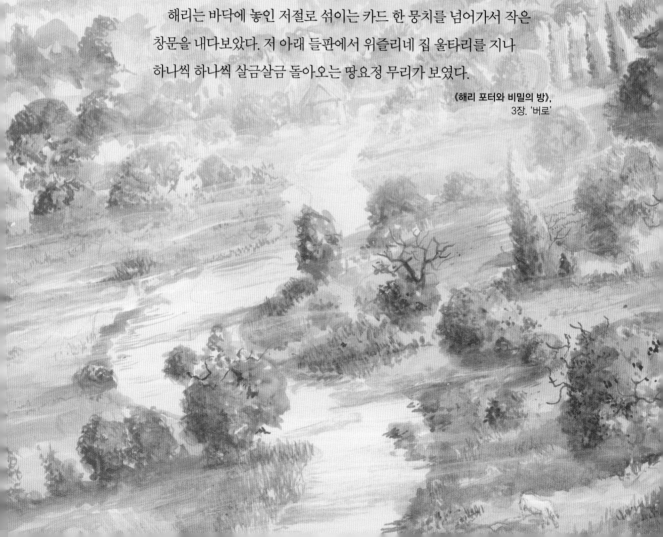

8월 3일

벽난로 위 선반에는《당신의 치즈에 마법을 걸어요》,《제빵의 마법》,《1분 진수성찬─ 그것은 마법이다!》같은 제목의 책들이 세 겹으로 쌓여 있었다. 또 해리가 잘못 들은 게 아니라면, 싱크대 옆에 있는 낡은 라디오는 방금 "인기 절정의 마법사 가수 셀레스티나 워벡이 출연하는 '마녀의 시간(Witching Hour)'이 곧 방송된다"고 알렸다.

《해리 포터와 비밀의 방》,
3장. '버로'

8월 4일

7시가 되자 두 개의 식탁은 위즐리 부인의 훌륭한 요리를 담은 그릇들로 휘청거릴 정도였다. 아홉 명의 위즐리 가족과 해리와 헤르미온느는 맑고 짙푸른 하늘 아래 앉아 있었다.

《해리 포터와 불의 잔》,
5장. '위즐리 형제의 위대하고 위험한 장난감'

8월 5일

"런던에서 이걸 다 살 수 있다고요?" 해리가 큰 소리로 물었다.

"어딜 가야 하는지만 알면." 해그리드가 말했다.

《해리 포터와 마법사의 돌》,
5장. '다이애건 앨리'

8월 6일

"위로 세 칸…… 옆으로 두 칸……." 해그리드가 중얼거렸다. "좋아. 물러서라, 해리."
해그리드가 우산 끝으로 벽을 세 번 두드렸다.

해그리드가 두드린 벽돌이 흔들리고 움찔거리더니 벽 한가운데 조그만 구멍이
나타나 점점 커졌다. 다음 순간 두 사람은 해그리드도 충분히 들어갈 만큼 큰 아치형
입구를 마주 보고 있었다. 그 아래로 자갈길이 시선이 닿지 않는 곳까지 구불구불
이어져 있었다.

"어서 와라." 해그리드가 말했다. "여기가 다이애건 앨리야."

《해리 포터와 마법사의 돌》,
5장. '다이애건 앨리'

8월 7일

해리, 론, 헤르미온느는 구불구불한 자갈길을 따라 거닐었다. 주머니 속에서 금화, 은화,
동화가 들어 있는 자루가 기분 좋게 짤랑거리며 써 달라고 아우성이었으므로, 해리는
큼직한 딸기 땅콩버터 아이스크림 세 개를 샀다. 그들은 만족스럽게 아이스크림을 핥아
먹으면서 골목을 돌아다니고 흥미진진한 가게 진열창들을 구경했다.

《해리 포터와 비밀의 방》,
4장. '플러리시 앤 블러츠 서섬에서'

8월 8일

뭔가 찢어지는 소리가 시끄럽게 공기를 갈랐다. 《괴물들에 관한 괴물책》 두 권이 다른 한 권을 잡고 양쪽에서 끌어당기며 산산조각 내고 있었다.

"그만둬! 멈추라고!" 점원이 창살 사이로 막대기를 집어넣어 책들을 쳐서 떼어 놓으며 소리쳤다. "다시는 이 책을 들여놓지 않을 거야. 절대로! 완전히 아수라장이야! 《투명에 관한 투명책》 200권을 들여놨을 때가 최악이라고 생각했는데. 돈은 엄청 들였는데 도저히 그 책들을 찾을 수가 없었거든……."

《해리 포터와 아즈카반의 죄수》,
4장. '리키 콜드런'

8월 9일

"어떻게 이런 일이 일어나는지 정말 신기하단 말이야. 마법사가 지팡이를 고르는 게 아니라 지팡이가 마법사를 고른다는 거, 기억하지? 네가 뭔가 엄청난 일을 해낼 거라고 기대해야 할 것 같다, 포터 군."

개릭 올리밴더

《해리 포터와 마법사의 돌》,
5장. '다이애건 앨리'

8월 10일

'아일롭스 부엉이 상점—황갈색올빼미, 가면올빼미, 외양간올빼미, 솔부엉이, 흰올빼미'
라는 간판이 걸려 있는 어두운 가게에서 낮고 부드럽게 부엉부엉 우는 소리가 들려왔다.
해리 또래 남자아이 몇 명은 빗자루가 전시된 진열창에 코를 바짝 댄 채 들여다보고 있었다.
"저것 봐." 그중 한 명이 하는 말이 들렸다. "신형 님부스 2000이야. 여태까지 나온 빗자루
중에서 가장 빠르대." 로브를 파는 가게, 망원경과 해리가 한 번도 본 적 없는 이상한 은제
기구들을 파는 가게가 있었고, 박쥐 내장이나 뱀장어 눈알이 들어 있는 통이 창문 안쪽에
차곡차곡 쌓여 있는 가게도 있었으며, 책과 깃펜, 양피지 두루마리, 마법약을 넣는 병,
지구본처럼 생긴 달 모형 등이 곧 쓰러질 듯 높이 쌓여 있는 가게도 있었다.

《해리 포터와 마법사의 돌》,
5장. '다이애건 앨리'

8월 11일

지니 위즐리 생일

"그래, D.A. 좋다." 지니가 말했다. "근데 뜻은 '덤블도어의 군대(Dumbledore's Army)'로 하자. 그게 정부가 가장 두려워하는 거잖아?"

《해리 포터와 불사조 기사단》,
18장. '덤블도어의 군대'

8월 12일

"말도 안 돼! 믿을 수가 없어! 아, 론, 정말 장하다! 반장이라니! 그럼 가족 모두가 반장이구나!"

"프레드랑 난 옆집 사람인가요?" 조지가 툴툴거렸지만, 그의 어머니는 그를 옆으로 밀치고 막내아들을 와락 껴안았다.

《해리 포터와 불사조 기사단》,
9장. '위즐리 부인의 고뇌'

8월 13일

해리는 위즐리 부인과 함께 부엌을 나가면서 그녀가 세탁 바구니 위에 있는 시계를 힐끔거리는 모습을 보았다. 모든 바늘이 다시 '치명적 위험'을 가리키고 있었다.

《해리 포터와 혼혈 왕자》,
5장. '플뢰르가 너무해'

8월 14일

위즐리 부인이 다시 마법 지팡이를 들어 포크와 나이프 등이 들어 있는 서랍을 쿡 찌르자 서랍이 활짝 열렸다. 해리와 론은 펄쩍펄쩍 뛰면서 서랍 안에서 숫구처 날아오는 칼들을 피했다. 칼들은 부엌을 가로질러 날아가 쓰레받기가 싱크대에 쏟아 놓은 감자를 썰기 시작했다.

《해리 포터와 불의 잔》,
5장. '위즐리 형제의 위대하고 위험한 장난감'

8월 15일

"발이 묶인 마법사들의 비상 이동 수단, 나이트 버스에 오신 것을 환영합니다. 지팡이를 쥔 손을 뻗고 올라타기만 하면 여러분이 가고 싶은 곳 어디로든 데려다드립니다. 제 이름은 스탠 션파이크이고, 오늘 저녁 제가 여러분을 모실 차장이……."

차장은 갑자기 말을 멈췄다. 여전히 땅바닥에 주저앉아 있는 해리를 이제야 발견한 듯했다.

《해리 포터와 아즈카반의 죄수》,
3장. '나이트 버스'

8월 16일

"저기, 런던까지 가는 데는 얼마야?"

"11시클." 스탠이 말했다. "하지만 14시클을 내면 코코아를 주고, 15시클을 내면 뜨거운 물이 담긴 물병이랑 네가 선택한 색깔로 칫솔도 줘."

《해리 포터와 아즈카반의 죄수》,
3장. '나이트 버스'

8월 17일

가운에 실내화 차림의 마법사들이 하나하나 위층에서 내려와 버스를 떠났다. 모두 버스에서 내리게 되어 무척 기쁜 듯했다.

《해리 포터와 아즈카반의 죄수》,
3장. '나이트 버스'

8월 18일

"그럴 줄 알았어!" 스탠이 들뜬 목소리로 소리쳤다. "언! 언! 네빌이 누군지 맞혀 봐요, 언! 얘가 해리 포터래요! 흉터가 보여요!"

《해리 포터와 아즈카반의 죄수》,
3장. '나이트 버스'

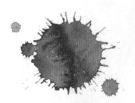

8월 19일

"그리고 이쪽은 님파도라……."

"님파도라라고 부르지 말라니까, 리머스." 젊은 여자 마법사가 질색했다. "통스래도."

"님파도라 통스야. 성으로만 불리고 싶어 하지." 루핀이 말을 마쳤다.

"엄마가 이름을 바보같이 님파도라라고 지었다면 당신도 마찬가지였을걸." 통스가 툴툴거렸다.

《해리 포터와 불사조 기사단》,
3장. '선발대'

8월 20일

"킹슬리 샤클볼트도 중요한 인재지. 그 친구가 시리우스를 쫓는 임무를 맡고 있어서, 마법 정부에 시리우스가 티베트에 있다는 정보를 전하고 있거든."

아서 위즐리

《해리 포터와 불사조 기사단》,
5장. '불사조 기사단'

8월 21일

"아, 이런 착하기도 하지. 그런 작은 일로 너를 처벌하진 않는단다!" 퍼지가 살짝 짜증이 나는 듯 크럼펫을 흔들며 소리쳤다. "그건 사고였어! 고모를 부풀렸다는 이유만으로 사람들을 아즈카반에 보내진 않아!"

《해리 포터와 아즈카반의 죄수》,
3장. '나이트 버스'

"아주 세상을 바꿔 놓겠네, 그 보고서가." 론이 이죽거렸다. "《예언자일보》1면에 실리겠어. 솥단지 누출률이니 뭐니 하면서."

퍼시의 얼굴이 살짝 붉어졌다.

"그래, 론. 실컷 비웃어." 그가 열을 내며 말했다. "하지만 그런 국제법들을 적용하지 않으면 바닥이 얇은 조잡한 제품들이 시장에 넘쳐날 거고 그러면 심각한 위험이……."

《해리 포터와 불의 잔》,
5장 '위즐리 형제의 위대하고 위험한 장난감'

8월 23일

마법 정부 총리인 코닐리어스 퍼지가 도착했을 때는 허리를 너무 깊숙이 숙이는 바람에 안경이 바닥에 떨어져 박살 났다. 그는 굉장히 당황하면서 마법 지팡이로 안경을 고치더니 자리에 앉아, 코닐리어스 퍼지가 옛 친구에게 하듯 해리에게 인사를 건네는 모습을 질투 어린 눈길로 바라보았다.

《해리 포터와 불의 잔》,
8장. '퀴디치 월드컵'

8월 24일

이제는 아침 해가 뜨고 안개가 걷히면서 사방으로 펼쳐진 텐트촌이
보였다.

《해리 포터와 불의 잔》,
7장, '배그먼과 크라우치'

8월 25일

론은 춤추는 토끼풀 모자와 커다란 초록색 장미 장식을 샀고 불가리아 수색꾼 빅토르 크룸의 작은 피규어도 하나 샀다. 크룸 모형은 론의 머리 위 초록색 장미 장식을 노려보면서 그의 손바닥 위를 왔다 갔다 했다.

《해리 포터와 불의 잔》,
7장. '배그먼과 크라우치'

8월 26일

"신사 숙녀 여러분…… 어서 오십시오! 제422회 퀴디치 월드컵 결승전에 오신 것을 환영합니다!"

관중은 일제히 환호성을 지르며 손뼉을 쳤다. 수천 개의 깃발이 나부끼면서 서로 어우러지지 않는 국가들이 울려 퍼지는 바람에 장내는 더욱 소란스러워졌다. 맞은편 거대한 칠판에서 마지막 광고 문구("버티 보트의 모든 맛이 나는 강낭콩 젤리―한입마다 위험이 도사리고 있다!")가 깨끗이 사라지고 이제는 **불가리아: 0, 아일랜드: 0**이라는 글자가 보였다.

《해리 포터와 불의 잔》,
8장. '퀴디치 월드컵'

8월 27일

"잡았어, 크룸이 잡았어, 경기 끝났어!" 해리가 외쳤다.

크룸이 공중으로 부드럽게 날아올랐다. 코에서 흘러나온 피로 붉은 로브가 번들거렸다. 높이 처든 크룸의 주먹에 반짝이는 황금빛 물건이 쥐여 있었다.

《해리 포터와 불의 잔》,
8장. '퀴디치 월드컵'

8월 28일

여름 내내 당근 쪼가리를 먹으며 생존해야 할 판국이라는 낌새를 채자마자 해리는 헤드위그를 보내 친구들에게 구조 요청을 했고, 그들은 참으로 감명 깊은 수완을 발휘해 주었다.

《해리 포터와 불의 잔》,
3장. '초대'

8월 29일

해리가 되도록 빨리 정상적인 방법으로 두 분의 대답을 전해 주길 바라겠습니다. 머글 집배원은 저희 집에 배달을 온 적이 한 번도 없는 데다 저희 집 위치를 아는지조차 모르겠거든요.

곧 해리를 만날 수 있었으면 좋겠네요.

몰리 위즐리 드림

추신: 우표를 충분히 붙인 것이어야 할 텐데요.

《해리 포터와 불의 잔》,
3장. '초대'

8월 30일

"아니, 해리. 너나 잘 들어." 헤르미온느가 말했다. "우리는 너랑 같이 갈 거야. 몇 달 전에 이미 결정된 일이야. ……실은, 몇 년 전에 결정된 거지."

"하지만……"

"그만 좀 해라." 론이 충고하듯 말했다.

《해리 포터와 죽음의 성물》,
6장. '잠옷을 입은 굴'

8월 31일

마지막 날 저녁, 위즐리 부인은 마법으로 해리가 좋아하는 음식이 가득한 호화로운 저녁 식탁을 차려 냈고, 마지막으로 군침 도는 당밀 푸딩까지 내놓았다. 프레드와 조지는 필리버스터 폭죽으로 저녁을 마무리했다. 부엌을 가득 채운 빨갛고 파란 별들이 천장에서 벽까지 적어도 30분 동안 통통 튀어 다녔다.

《해리 포터와 비밀의 방》,
5장. '후려치는 버드나무'

9월

September

증기기관에서 나온 연기가 재잘거리는 사람들의 머리 위로
흘러 다니는 가운데, 온갖 색깔의 고양이들이 여기저기서 사람들의
다리 사이를 빙글빙글 돌아다녔다.
부엉이들은 사람들이 떠드는 소리와 무거운 짐 가방이
바닥에 긁히는 소리 너머로 불만스럽게 부엉부엉 울었다.

9월 1일

"9번과 10번 승강장 사이에 있는 벽으로 그냥 곧장 걸어가면 된단다. 멈추지 말고, 부딪힐까 봐 겁먹지도 마. 그게 가장 중요하단다. 긴장되면 가볍게 뛰어가는 게 가장 좋지. 론보다 먼저 가 보렴." 몰리 위즐리

《해리 포터와 마법사의 돌》,
6장. '9와 4분의 3번 승강장에서 떠나는 여행'

9월 2일

"할머니, 두꺼비가 또 없어졌어요."

"이런, 네빌." 나이 든 여성이 한숨 쉬는 소리가 들렸다.

《해리 포터와 마법사의 돌》,
6장. '9와 4분의 3번 승강장에서 떠나는 여행'

9월 3일

"괜찮아. 파이 먹어." 해리가 말했다. 예전에는 나눠 먹을 것도 없었고, 실은 나눠 먹을
사람도 없었다. 론과 마주 앉아서 파이와 케이크를 먹어 치우자니 기분이 좋았다(샌드위치는
까맣게 잊혔다).

《해리 포터와 마법사의 돌》,
6장. '9와 4분의 3번 승강장에서 떠나는 여행'

9월 4일

어둠이 내리고 객실 안 등불들이 켜지자 루나는 《이러쿵저러쿵》을 둘둘 말아 조심스럽게
가방에 넣고 이번엔 객실 안의 모두를 뚫어지게 바라보았다.

《해리 포터와 불사조 기사단》,
10장. '루나 러브굿'

9월 5일

그러자 모든 나룻배가 동시에 출발해 유리처럼
매끄러운 수면을 미끄러져 갔다. 다들 머리 위의 거대한
성채를 올려다보느라 아무 말도 하지 않았다.

《해리 포터와 마법사의 돌》,
6장. '9와 4분의 3번 승강장에서 떠나는 여행'

9월 6일

"호그와트에 온 것을 환영합니다." 맥고나걸 교수가 말했다. "곧 개강 연회가 시작됩니다. 하지만 대연회장에 자리를 잡기 전 여러분 모두가 기숙사에 배정될 겁니다. 기숙사 배정은 굉장히 중요한 의식입니다. 여기 있는 동안 여러분의 기숙사 친구들은 호그와트의 가족이 될 테니까요."

《해리 포터와 마법사의 돌》,
7장. '기숙사 배정 모자'

9월 7일

"연회를 시작하기 전에 몇 마디 하고 싶군요. 바로 이겁니다. 멍청이! 울보! 찌꺼기! 속물! 이상입니다!" 알버스 덤블도어

《해리 포터와 마법사의 돌》,
7장. '기숙사 배정 모자'

9월 8일

이제 나를 귀까지 푹 눌러 써 보렴.
나는 한 번도 틀린 적이 없다네.
내가 너희 마음속을 들여다보고
너희가 어디에 속하는지 말해 줄게.
기숙사 배정 모자

《해리 포터와 불의 잔》,
12장. '트라이위저드 대회'

9월 9일

복도 맨 끝에 분홍색 비단 드레스를 입은 아주 뚱뚱한 여자의 초상화가 걸려
있었다.

"암호?" 그 여자가 말했다.

"카푸트 드라코니스." 퍼시가 말하자 초상화가 앞으로 열리더니 벽에 난
둥근 구멍을 드러냈다. 모두 그 구멍으로 허둥지둥 들어갔다(네빌은 다른 사람의
도움을 받아야만 했다). 푹신한 안락의자로 가득한 아늑하고 둥근 방, 그리핀도르
휴게실에 도착한 것이다.

《해리 포터와 마법사의 돌》,
7장. '기숙사 배정 모자'

9월 10일

해리는 돌아와서 기쁘다는 것 말고는 아무 생각도
없이 나선형 계단을 올랐다. 그들은 네 모서리에 기둥이
달린 침대 다섯 개가 있는 익숙한 둥근 기숙사 방에
도착했고, 해리는 주위를 둘러보며 마침내 집에
왔다고 느꼈다.

《해리 포터와 아즈카반의 죄수》,
5장. '디멘터'

9월 11일

해리는 론이 딘의 웨스트햄 축구팀 포스터 속 선수들을 움직이게

만들겠다며 마법 지팡이로 포스터를 쿡쿡 찌르는 것을 보기도 했다.

《해리 포터와 마법사의 돌》,
9장. '한밤의 결투'

9월 12일

해리는 텅 빈 휴게실 저편을 바라보았다. 흰올빼미가 환한 달빛을 받으며 창턱에 앉아

있었다.

"헤드위그!" 그가 소리치며 의자에서 벌떡 일어나 창가로 걸어가 창문을 열어 주었다.

《해리 포터와 불의 잔》,
14장. '용서받지 못하는 저주들'

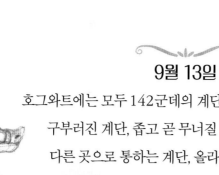

9월 13일

호그와트에는 모두 142군데의 계단이 있었다. 넓고 부드럽게
구부러진 계단, 좁고 곧 무너질 것 같은 계단, 금요일에는
다른 곳으로 통하는 계단, 올라가다 보면 중간에 단 하나가
사라져 버려서 기억해 두었다가 뛰어넘어야 하는 계단도
있었다.

《해리 포터와 마법사의 돌》,
8장. '마법약 교수'

9월 14일

"귀염둥이 1학년들이 한밤중에 이렇게 돌아다녀도
된단 말이지? 쯧, 쯧, 쯧. 못됐어, 못됐어. 잡히게 생겼네."
"네가 이르지만 않으면 되잖아, 피브스. 제발 부탁이야."
"필치한테 말해야 돼. 나도 어쩔 수 없어." 피브스가
성자인 척 말했지만 두 눈은 사악하게 반짝거렸다. "다
너희를 위해서야."

《해리 포터와 마법사의 돌》,
9장. '한밤의 결투'

9월 15일

게다가 공손하게 부탁하거나 특정한 곳을 간지럽히지 않으면 열리지 않는 문도 있었고, 사실은 문이 아닌데 그냥 단단한 벽이 문인 척하는 곳도 있었다. 더구나 모든 것이 시시때때로 자리를 옮겨 다니는 것처럼 보였기 때문에 처음 위치를 기억하기가 굉장히 어려웠다. 초상화 속 사람들은 끊임없이 서로를 방문했고, 해리가 보기에는 갑옷들도 걸어 다니는 게 틀림없었다.

《해리 포터와 마법사의 돌》,
8장. '마법약 교수'

9월 16일

"하지만 호그와트도 숨겨져 있잖아." 헤르미온느가 놀라며 말했다. "다 아는 얘기 아닌가. ……뭐,《호그와트의 역사》를 읽은 사람이라면 말이야."

"그럼 너만 아는 거네." 론이 말했다. "그렇다면, 말해 봐. 호그와트 같은 곳을 어떻게 숨긴다는 거야?"

"마법이 걸려 있어." 헤르미온느가 말했다. "머글 눈에는 '위험, 들어가지 마시오, 안전하지 않음'이라고 적힌 표지판이 걸려 있는 썩어 가는 오래된 폐허만 보일 뿐이야."

《해리 포터와 불의 잔》,
11장. '호그와트 급행열차를 타고'

9월 17일

"우리 가족 중에는 마법을 쓸 줄 아는 사람이 없어서 편지를 받았을 땐 정말 놀랐지만, 물론 아주 기쁘기도 했어. 마법학교 중에서 최고라고 들었거든. 교과서는 당연히 다 외워 왔지. 이 정도만 해도 괜찮았으면 좋겠다. ……그건 그렇고, 나는 헤르미온느 그레인저야. 너흰 누구니?"

헤르미온느는 이 모든 얘기를 아주 빠르게 내뱉었다.

《해리 포터와 마법사의 돌》,
6장. '9와 4분의 3번 승강장에서 떠나는 여행'

9월 18일

그 순간부터 헤르미온느 그레인저는 그들의 친구가 되었다. 세상에는 함께 겪고 나면 서로를 좋아하게 될 수밖에 없는 일이 몇 있는데, 3미터 넘는 산트롤을 쓰러뜨리는 것도 그런 일 가운데 하나다.

《해리 포터와 마법사의 돌》,
10장. '핼러윈'

9월 19일
헤르미온느 그레인저 생일

"이런 짓을 해서 아주 자랑스럽겠구나. 하마터면 우리 모두 죽을 뻔했어. 최악의 경우, 퇴학당하거나. 아무튼, 괜찮다면 난 이만 자러 갈게."

헤르미온느 그레인저

《해리 포터와 마법사의 돌》,
9장. '한밤의 결투'

9월 20일

머잖아 해리는 마법에는 마법 지팡이를 휘두르며 우스꽝스러운 단어 몇
마디를 내뱉는 것보다 훨씬 많은 일이 필요하다는 것을 알게 되었다.

《해리 포터와 마법사의 돌》,
8장. '마법약 교수'

9월 21일

스프라우트 교수가 손을 털고 모두에게 엄지손가락을 들어 보인 다음
귀마개를 벗었다.

"우리가 가진 맨드레이크는 묘목에 불과해서 아직 울음소리로 사람을
죽이진 못해." 그녀는 방금 한 일이 베고니아에 물을 주는 일보다 조금도
흥미로울 것 없다는 듯 담담하게 말했다.

《해리 포터와 비밀의 방》,
6장. '길더로이 록하트'

9월 22일

"한 상자에 네 명씩…… 화분은 여기 많단다. 퇴비는 저쪽
자루에 있고…… 거기 있는 독손가락을 조심하도록, 이빨이 나고
있으니까."

스프라우트 교수는 그렇게 말하면서, 그녀의 어깨 위로
슬금슬금 촉수를 뻗어 가던 뾰족한 암적색 식물을 찰싹 때려서
기다란 촉수를 집어넣게 만들었다.

《해리 포터와 비밀의 방》,
6장. '길더로이 록하트'

9월 23일

해그리드와 차를 마신다는 기대할 만한
일이 생겨서 다행이었다. 알고 보니 마법약
수업은 지금까지 일어난 일 중 최악이었기
때문이다.

《해리 포터와 마법사의 돌》,
8장. '마법약 교수'

9월 24일

"셔벗 레몬 하나 드실래요?"

"뭐요?"

"셔벗 레몬요. 머글들이 먹는 사탕 같은 건데 꽤
마음에 드는군요."

《해리 포터와 마법사의 돌》,
1장. '살아남은 아이'

9월 25일

"흉터는 꽤 쓸모 있기도 하거든요. 나도 왼쪽 무릎에 런던 지하철 지도랑 똑같이 생긴
흉터가 하나 있어요." 알버스 덤블도어

《해리 포터와 마법사의 돌》,
1장. '살아남은 아이'

9월 26일

"아, 음악이란." 덤블도어가 눈가를 닦으며 말했다. "우리가 여기서
하는 것 이상의 마법이지요!"

《해리 포터와 마법사의 돌》,
7장. '기숙사 배정 모자'

9월 27일

"당연히 네 머릿속에서 일어나는 일이다, 해리. 그렇다고 그게 현실이 되지
말라는 법이 있느냐?" 알버스 덤블도어

《해리 포터와 죽음의 성물》,
35장. '킹스크로스'

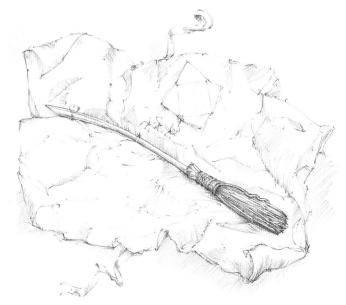

9월 28일

해리는 빗자루에 올라타 땅을
세게 박차고 위로 위로 날아올랐다.
공기가 머리카락 사이를 휙휙 갈랐고
로브 자락은 뒤에서 마구 휘날렸다.
배우지 않고도 할 줄 아는 뭔가를
찾아냈다는 깨달음에 즐거움이 마구
솟구쳤다. 이거 쉽잖아. 멋진데.

《해리 포터와 마법사의 돌》,
9장. '한밤의 결투'

9월 29일

확실히 말포이는 비행에 대해서 수도 없이 떠들어 댔다.
1학년들은 왜 기숙사 퀴디치 대표팀에 들어갈 수 없느냐며 큰
소리로 불평했고, 언제나 헬리콥터를 탄 머글들을 간발의 차이로
따돌리는 장면에서 끝나는 자기 자랑을 길게 늘어놓았다.

《해리 포터와 마법사의 돌》,
9장. '한밤의 결투'

9월 30일

맥고나걸 교수가 안경 너머 가차 없는 눈빛으로 해리를 바라보았다.

"열심히 훈련하고 있다는 얘기가 들리길 바란다, 포터. 그렇지 않으면 생각을 바꿔서 너에게 벌을 줘야 할지도 모르겠으니 말이야."

그러더니 맥고나걸 교수는 갑자기 미소 지었다.

"아버지가 아주 자랑스러워하셨을 거다." 그녀가 말했다. "너희 아버지도 아주 뛰어난 퀴디치 선수였으니까."

《해리 포터와 마법사의 돌》,
9장. '한밤의 결투'

10월

October

총알만 한 빗방울이 며칠 동안이나 성 창문을 두들겼다.
호수의 수면이 높아지고,
꽃밭은 진흙투성이 도랑으로 변했으며,
해그리드의 호박은 정원 헛간만 하게 부풀어 올랐다.

10월 1일

문이 열리자 문틈으로 수염이 덥수룩한
해그리드의 커다란 얼굴이 나타났다.
"잠깐만." 해그리드가 말했다. "물러서, 팽."
해그리드는 집채만 한 검은색 사냥개의
목줄을 놓치지 않으려고 용을 쓰면서 두
사람을 들여보내 주었다.

《해리 포터와 마법사의 돌》,
9장. '한밤의 결투'

10월 2일

창문에 빗방울이 부드럽게 톡톡 떨어지는 소리를 들으며
난롯가에 앉아, 해그리드가 양말을 꿰매면서 헤르미온느와
집요정 문제로 옥신각신하는 모습을 보고 있자니 무척 편안했다.
헤르미온느가 배지를 보여 주면서 S.P.E.W.에 가입하라고 하자
해그리드는 단칼에 거절했다.

《해리 포터와 불의 잔》,
16장. '불의 잔'

10월 3일

해그리드의 집 뒤편 작은 채소밭에는 해리가 여태껏 본 것 중에서 가장 큰 호박이 열 개도 넘게 있었다. 하나하나가 거대한 바위만 했다.

"잘 자라고 있지?" 해그리드가 행복한 듯 말했다. "핼러윈 연회용이야……. 그때쯤이면 충분히 커질 거다."

"무슨 비료를 준 거예요?" 해리가 물었다.

해그리드는 누가 있나 확인하려고 어깨 너머를 돌아보았다.

"뭐, 내가 준 건, 그러니까…… 약간의 도움이지."

오두막 뒤쪽에 기대어 있는 해그리드의 분홍색 꽃무늬 우산이 해리의 눈에 띄었다.

《해리 포터와 비밀의 방》,
7장. '머드블러드와 속삭임'

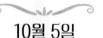

10월 4일

맥고나걸 교수 생일

"저인 줄은 어떻게 아셨나요?" 그녀가 물었다.

"친애하는 교수님, 내가 여태껏 살면서 그렇게 뻣뻣하게 앉아 있는
고양이는 본 적이 없습니다."

"하루 종일 벽돌 담 위에 앉아 있다 보면 교수님도 뻣뻣해지실 거예요."
맥고나걸 교수가 말했다.

《해리 포터와 마법사의 돌》,
1장. '살아남은 아이'

10월 5일

"변환 마법은 여러분이 호그와트에서 배우게 될 마법 가운데 가장 복잡하고 위험한 마법에
속합니다." 그녀가 말했다. "내 수업 시간에 말썽을 피우는 학생은 누구든 그 즉시 교실을
떠나 다시는 돌아오지 못할 겁니다. 미리 경고했어요."

그런 다음 맥고나걸 교수는 자기 책상을 돼지로 바꾸었다가 원래대로 돌려놓았다. 학생들
모두 매우 깊은 인상을 받았기에 얼른 마법을 시작하고 싶어 안달이 났지만, 가구를 동물로
바꾸는 일은 아주 오랜 시간이 지난 뒤에야 할 수 있다는 사실을 곧 깨달았다. 학생들은
복잡한 필기를 잔뜩 한 다음 각자 성냥개비를 하나씩 받아 바늘로 바꾸는 연습을
시작했다. 수업이 끝날 때쯤에는 오직 헤르미온느 그레인저만이 성냥을 어떤 형태로든
바꿔 놓을 수 있었다. 맥고나걸 교수는 성냥이 어떻게 완전히 은색으로, 또 뾰족하게
변했는지를 학생 모두에게 보여 주고 헤르미온느에게 좀처럼 짓지 않는 미소를 지어
보였다.

《해리 포터와 마법사의 돌》,
8장. '마법약 교수'

10월 6일

월요일 점심시간, 3학년들은 어깨를 축 늘어뜨리고 얼굴은 잿빛이 된 채
변환 마법 교실에서 나왔다. 시험 결과를 비교해 보며 주어진 과제의 어려움을
한탄하는 중이었는데, 그 과제에는 찻주전자를 거북이로 바꿔 놓는 일이
포함되어 있었다.

《해리 포터와 아즈카반의 죄수》,
16장. '트릴로니 교수의 예언'

10월 7일

"다들 D.A.가 마음에 들어?" 헤르미온느가 사회자라도 된 것처럼 말하며, 방석 위에 무릎을 대고 몸을 일으켜 수를 헤아렸다. "과반수네……. 통과!"

그녀는 모두의 서명이 적힌 양피지를 벽에 핀으로 고정하고 맨 위에다 큼직하게 써넣었다.

덤블도어의 군대

《해리 포터와 불사조 기사단》,
18장, '덤블도어의 군대'

10월 8일

"우린 엄브리지가 우리에게 어둠의 마법 방어법 훈련을 시켜 주지 않으려는 이유가……."
헤르미온느가 끼어들었다. "그 여자가 어떤…… 어떤 미친 생각을 갖고 있기 때문이라고
봐. 덤블도어 교수님이 호그와트 학생들을 사병 같은 것으로 이용하려 한다는 생각 말이야.
엄브리지는 덤블도어 교수님이 우리를 동원해서 정부에 맞서려 한다고 생각해."

《해리 포터와 불사조 기사단》,
16장. '호그스 헤드에서'

10월 9일

나무 책꽂이들이 벽을 따라 둘러서 있고 바닥에는 의자 대신 커다란
비단 방석이 놓여 있었다. 방 저쪽 끝에 있는 여러 개의 선반에는
스니코스코프, 거짓말 감지기, 지난 학년 가짜 무디의 연구실에 걸려
있었던 게 분명한 금이 가 있는 커다란 적 탐지경 등 다양한 기구가 놓여
있었다.

《해리 포터와 불사조 기사단》,
18장. '덤블도어의 군대'

10월 10일

"엑스펠리아르무스!" 네빌이 외쳤다. 방심한 해리의 손에서 마법 지팡이가 날아갔다.
"해냈어!" 네빌이 신이 나서 외쳤다. "한 번도 성공한 적없었는데…… 내가 해냈어!"

《해리 포터와 불사조 기사단》,
18장. '덤블도어의 군대'

10월 11일

비는 아예 먹처럼 새까매진 창문을 여전히 후려갈기고 있었지만, 안에서는
모든 게 밝고 즐거워 보였다. 벽난로 불빛이 푹신푹신한 안락의자 여러 개에
빛을 드리웠다. 다들 거기에 앉아 책을 읽고 이야기를 나누고 숙제를 하는
가운데, 한쪽에서는 프레드와 조지 위즐리가 샐러맨더에게 필리버스터 폭죽을
먹이면 어떤 일이 벌어지는지 시험해 보고 있었다.

《해리 포터와 비밀의 방》,
8장. '사망일 파티'

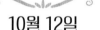

10월 12일

크룩섕스가 다가와 빈 의자에 가볍게 뛰어오르더니 묘한 표정으로
해리를 바라보았다. 그들이 숙제를 제대로 하지 않은 걸 알았을 때
헤르미온느가 지을 법한 표정이었다.

《해리 포터와 불의 잔》,
14장. '용서받지 못하는 저주들'

10월 13일

"그걸 꼭 우리 앞에서 먹어야 해?" 론이 눈을 모로
뜨며 말했다.

"똑똑한 크룩섕스, 혼자서 잡은 거야?"
헤르미온느가 말했다.

크룩섕스는 천천히 거미를 씹어 삼켰다. 노란 두
눈은 오만하게도 론에게 고정되어 있었다.

《해리 포터와 아즈카반의 죄수》,
8장. '뚱뚱한 귀부인의 도주'

10월 14일

"저 고양이 잡아!" 크룩섕스가 가방 잔해를 놓고 탁자를 훌쩍 뛰어넘어
겁에 질린 스캐버스를 뒤쫓자 론이 소리쳤다.

《해리 포터와 아즈카반의 죄수》,
8장. '뚱뚱한 귀부인의 도주'

10월 15일

그가 잡은 스니치는 이제 끊임없이 휴게실을 붕붕 날아다니고 있었다. 아이들은
최면에라도 걸린 것처럼 그 궤적을 눈으로 좇았고, 크룩섕스는 이 의자에서 저
의자로 뛰어다니며 그것을 잡으려고 기를 썼다.

《해리 포터와 불사조 기사단》,
19장. '사자와 뱀'

10월 16일

셋은 새들을 바라보았다. 머리 위를 날아다니며 반짝거리는…… 반짝거리는?

"저건 새가 아니야!" 해리가 돌연 소리쳤다. "저건 열쇠야! 날개 달린 열쇠 말이야.

자세히 봐."

《해리 포터와 마법사의 돌》,
16장. '바닥의 문을 지나서'

10월 17일

플리트윅 교수 생일

"자, 지금까지 연습해 온 손목의 섬세한 움직임을 잊지 말도록 해요!" 플리트윅 교수가
평소처럼 책 더미 위에 걸터앉아 높은 목소리로 말했다. "획 휘두르고 탁 튕기는 겁니다.
기억하세요, 획 하고 탁. 그리고 마법의 주문을 제대로 외우는 것도 아주 중요해요. '프'를
'스'로 발음했다가 버팔로 밑에 깔린 마법사 바루피오를 잊지 맙시다."

《해리 포터와 마법사의 돌》,
10장. '핼러윈'

10월 18일

헤르미온느가 소매를 걷어 올리고 마법 지팡이를 탁 튕기며 말했다. "윙가르디움

레비오사!"

깃털이 책상에서 날아오르더니 머리 위 1미터 넘는 곳을 떠다녔다.

《해리 포터와 마법사의 돌》,
10장. '핼러윈'

10월 19일

교수들은 물론 교육 법령 26조에 따라 그 인터뷰에 관해 이야기하지 못하도록 되어 있었지만, 그래도 자신의 기분을 표현할 방법들을 찾아냈다. 스프라우트 교수는 해리가 물뿌리개를 건네주자 그리핀도르에 20점을 주었다. 플리트윅 교수는 일반 마법 수업이 끝날 때 활짝 웃는 얼굴로 찍찍거리는 설탕 생쥐 한 상자를 해리에게 쥐어 주더니 "쉿!" 하고 서둘러 가 버렸다.

《해리 포터와 불사조 기사단》,
26장. '본 것과 미리 보지 못한 것'

10월 20일

해리는 잔뜩 헝클어진 머리에 까맣게 재를 뒤집어쓴 엄브리지가 땀이 삐질삐질 흐르는 얼굴로 플리트윅 교수의 교실에서 비틀거리며 나가는 모습을 아주 흐뭇하게 바라보았다.

"정말 고맙습니다, 교수님." 플리트윅 교수가 특유의 끽끽대는 작은 목소리로 말했다. "물론 제가 직접 반짝이 폭죽들을 없앨 수도 있지만 저한테 그럴 권한이 있는지 확실하지가 않아서요."

그는 활짝 웃으며 그녀의 사나운 얼굴 앞에서 교실 문을 닫았다.

《해리 포터와 불사조 기사단》,
28장. '스네이프의 가장 끔찍한 기억'

10월 21일

양호교사인 폼프리 선생은 교직원들과 학생들 사이에 갑작스럽게
유행하는 감기 탓에 바빠졌다. 약을 마신 후 몇 시간 동안 귀에서 연기가
나긴 했지만, 폼프리 선생의 페퍼업 마법 감기약은 즉시 효과를 발휘했다.

《해리 포터와 비밀의 방》,
8장. '사망일 파티'

10월 22일

"호그스미드를 방문하는 첫 주말 일정이 나왔거든." 론이 낡고 오래된
게시판에 붙은 공고문을 가리키며 말했다. "10월 말. 핼러윈에."

《해리 포터와 아즈카반의 죄수》,
8장. '뚱뚱한 귀부인의 도주'

10월 23일

그와 론은 또다시 밀린 숙제를 하느라 일요일 대부분을 보냈다. 재미있는
일이라고 말하기는 어려웠지만 가을의 마지막 햇빛은 계속 이어졌고, 그들은
휴게실 탁자에 웅크리고 앉아 있는 대신 숙제를 들고 밖으로 나가서 호숫가
커다란 너도밤나무 그늘 아래 느긋하게 드러누웠다.

《해리 포터와 불사조 기사단》,
17장. '교육 법령 24조'

10월 24일

"음, 올해 핼러윈이 내 500번째 사망일이라네." 목이 달랑달랑한 닉이 가슴을 펴고 위엄이 깃든 모습으로 말했다.

"아." 해리가 말했다. 유감이라는 표정을 지어야 할지 기뻐하는 표정을 지어야 할지 확신이 서지 않았다. "그렇군요."

《해리 포터와 비밀의 방》,
8장. '사망일 파티'

10월 25일

"널찍한 지하 감옥 한 곳에서 파티를 열 거라네. 전국에서 친구들이 올 거야. 자네가 참석해 준다면 굉장한 영광일 걸세."

목이 달랑달랑한 닉

《해리 포터와 비밀의 방》,
8장. '사망일 파티'

10월 26일

지하 감옥은 진주처럼 하얗고 반투명한 수백 명의 사람들로 가득 차 있었다. 그들 대부분은 혼잡한 댄스 플로어 주변을 떠다니면서, 검은 휘장을 드리운 연단 위 오케스트라가 서른 개의 음악용 톱으로 연주하는 무시무시하게 떨리는 그 소리에 맞춰 왈츠를 추고 있었다.

《해리 포터와 비밀의 방》,
8장. '사망일 파티'

10월 27일

커다란 썩은 생선이 멋들어진 은제 접시에 놓여 있고, 쟁반 위에는 석탄처럼 까맣게 탄 케이크가 쌓여 있었다. 구더기가 들끓는 엄청난 크기의 해기스와 솜털 같은 초록색 곰팡이로 뒤덮인 치즈 한 덩이가 있었고, 가장 눈에 띄는 자리에 놓인 무덤 모양 커다란 회색 케이크에는 타르를 흘려서 쓴 것 같은 글씨로 이런 내용이 적혀 있었다.

니컬러스 드 밈시포핑턴 경, 1492년 10월 31일 사망

《해리 포터와 비밀의 방》,
8장. '사망일 파티'

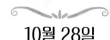

10월 28일

핼러윈 아침 학생들은 복도에 은은하게 퍼지는 호박 굽는 구수한
냄새에 잠을 깼다.

《해리 포터와 마법사의 돌》,
10장. '핼러윈'

10월 29일

다른 학생들은 모두 즐거운 마음으로 핼러윈 연회를 고대하고 있었다. 대연회장은
전처럼 살아 있는 박쥐들로 장식됐고, 해그리드의 어마어마하게 큰 호박들은 세
사람이 들어가 앉아도 될 만큼 커다란 등불로 조각됐으며, 덤블도어가 흥을 돋우기
위해 춤추는 해골 공연단을 불렀다는 소문도 있었다.

《해리 포터와 비밀의 방》,
8장. '사망일 파티'

10월 30일

몰리 위즐리 생일

위즐리 부인은 마법약을 침대 옆 탁자에 내려놓고 허리를 구부려 해리를
끌어안아 주었다. 그는 이렇게 어머니에게 안기듯 안겨 본 기억이 전혀
없었다.

《해리 포터와 불의 잔》,
36장. '갈림길'

10월 31일

핼러윈
목이 달랑달랑한 닉 사망일

연회는 호그와트 유령들이 준비한 여흥으로 끝났다. 그들이 벽과
식탁에서 튀어나와 한 차례 편대 비행을 한 것이다. 그리핀도르 유령인
목이 달랑달랑한 닉은 본인의 엉망진창 참수 장면을 재현해 큰 성공을
거뒀다.

《해리 포터와 아즈카반의 죄수》,
8장. '뚱뚱한 귀부인의 도주'

11월

November

11월에 접어들자 날이 매우 추워졌다.
학교 주변의 산은 잿빛으로 얼어붙었고 호수는 차갑게 식은 강철 같았다.
매일 아침 교정은 서리로 뒤덮였다.

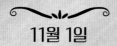

11월 1일

한순간, 커다란 검은 개가 뒷다리로 일어서더니 앞발을 해리의 어깨에 올려놓았다. 위즐리 부인이 해리를 열차 문 쪽으로 밀치며 식식거렸다. "세상에, 좀 더 개처럼 굴어요, 시리우스!"

《해리 포터와 불사조 기사단》,
10장. '루나 러브굿'

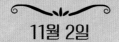

11월 2일

해리 바로 뒤에 있던 시리우스가 평소처럼 개가 짖는 듯한 웃음소리를 냈다.

"누가 날 반장으로 뽑아 주겠니. 제임스와 함께 방과 후 징계를 받느라 그 많은 시간을 보냈는데. 모범생은 루핀이었지. 이 친구는 반장 배지를 받았다."

《해리 포터와 불사조 기사단》,
9장. '위즐리 부인의 고뇌'

11월 3일

시리우스 블랙 생일

"어떤 사람을 알고 싶다면 그 사람이 자신과 동등한 존재가 아닌
자기보다 약한 존재들을 어떻게 대하는지 잘 살펴봐야 해."

시리우스 블랙

《해리 포터와 불의 잔》,
27장. '패드풋의 귀환'

11월 4일

"날 믿어. 나는 결코 제임스와 릴리를 배신하지 않았다.
두 사람을 배신하느니 차라리 죽었을 거야."

시리우스 블랙

《해리 포터와 아즈카반의 죄수》,
19장. '볼드모트 경의 부하'

11월 5일

휴게실에서는 폭풍우 소리가 더 크게 들렸다. 해리는 시합이 취소될
거라고 생각할 만큼 멍청하지 않았다. 퀴디치 시합은 폭풍우 따위의 사소한
일로는 취소되지 않았다.

《해리 포터와 아즈카반의 죄수》,
9장. '쓰라린 패배'

11월 6일

후치 선생의 호루라기 소리에 맞춰 땅을 박차고 솟구치자 뒤에서 블러저가
날아오는 특유의 소리가 들렸다.

《해리 포터와 비밀의 방》,
10장. '불량 블러저'

11월 7일

많은 사람이 그녀를 쳐다보고 있었는데, 몇몇은 대놓고 웃으며 손가락질을 하기도 했다.
어디서 구했는지 실물 크기의 사자 머리 모양 모자가 그녀의 머리에 위태롭게 얹혀 있었다.
"나는 그리핀도르를 응원해." 딱히 그럴 필요는 없는데 루나가 자신의 모자를 가리키며
말했다. "어떻게 되는지 봐 봐……."
그녀가 손을 들어 올려 마법 지팡이로 모자를 가볍게 두드렸다. 모자는 입을 크게
벌리더니 사람들이 모두 놀라 펄쩍 뛰게 만들 만큼 굉장히 실감 나는 포효를 터뜨렸다.

《해리 포터와 불사조 기사단》,
19장. '사자와 뱀'

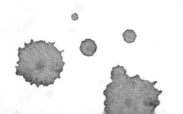

11월 8일

"그러므로" 하고, 슬러그혼이 말을 마무리했다. "너희 모두 나와서 내 책상에 놓여 있는 유리병들을 하나씩 가져가길 바란다. 수업이 끝나기 전까지 병 속에 든 독약의 해독제를 만들어야 한다. 행운을 빌어 주마. 보호용 장갑 끼는 것 잊지 말고!"

《해리 포터와 혼혈 왕자》,
18장. '깜짝 생일 선물'

11월 9일

그들은 여기저기 잔뜩 난 상처에 꽃박하 진액을 바르며 움찔움찔하고 있었다.

《해리 포터와 죽음의 성물》,
27장. '최후의 은닉처'

11월 10일

그들은 케이크와 과자, 호박 주스 여러 병을 가져왔다. 모두가 해리의 침대 주위에 모여 즐거울 게 분명한 파티를 막 시작하려는 순간 폼프리 선생이 성큼성큼 다가와 소리쳤다. "이 아이는 쉬어야 해. 다시 자라야 할 뼈가 서른세 개나 된단 말이야! 나가라! 나가!"

《해리 포터와 비밀의 방》,
10장. '불량 블러저'

11월 11일

"뭐, 적어도 초콜릿은 좀 먹여야죠." 폼프리 선생이 말했다. 그녀는 이제 해리의 눈을 들여다보려 하고 있었다.

"이미 먹었어요." 해리가 말했다. "루핀 교수님이 주셔서요. 저희 모두한테 주셨어요."

"아, 그랬니?" 폼프리 선생이 흡족한 듯 말했다. "그럼 드디어 치료법을 제대로 아는 어둠의 마법 방어법 교수님이 생긴 거로구나."

《해리 포터와 아즈카반의 죄수》,
5장. '디멘터'

11월 12일

스네이프 교수는 해독제 연구를 강요했다. 그가 크리스마스 전에 학생 하나를 중독시킨 뒤 각자의 해독제가 잘 듣는지 확인해 볼 수도 있다고 암시했기에 학생들은 그 말을 꽤 심각하게 받아들였다.

《해리 포터와 불의 잔》,
15장. '보바통과 덤스트랭'

11월 13일

"스리 브룸스틱스에 가서 버터맥주나 마시지 않을래?

좀 춥지 않아?"

헤르미온느 그레인저

《해리 포터와 불의 잔》,
19장. '헝가리 혼테일'

11월 14일

종코의 장난감 가게를 나섰을 때는 들어갈 때보다 지갑이 상당히 가벼워졌지만

주머니는 똥폭탄과 딸꾹질 사탕, 개구리 알 비누와 코를 깨무는 찻잔으로 불룩했다.

《해리 포터와 아즈카반의 죄수》,
14장. '스네이프의 원한'

11월 15일

부엉이며 올빼미 들이 자리에 앉아 그들을 내려다보면서 작은 소리로
부엉부엉 울고 있었다. 커다란 회색 부엉이에서부터 너무 작아 해리의
손바닥에 앉을 수도 있을 법한 작디작은('지역 내 배달 전용') 소쩍새까지
적어도 300마리는 되었다.

《해리 포터와 아즈카반의 죄수》,
14장. '스네이프의 원한'

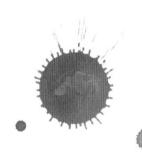

11월 16일

"내가 볼드모트 경을 거절한 이래로
호그와트에서 어둠의 마법 방어법 교수가 1년을
넘겼던 적은 단 한 번도 없거든."

알버스 덤블도어

《해리 포터와 혼혈 왕자》,
20장. '볼드모트 경의 요구'

11월 17일

"처음에는 볼드모트를 생각했어요." 해리는 솔직하게 말했다.
"하지만 그때…… 그때 디멘터들이 떠올랐어요."
"그랬구나." 루핀이 생각에 잠겨 말했다. "그랬군, 그랬어…….
놀라운걸." 그는 해리의 얼굴에 떠오른 의아한 표정을 보고
희미하게 미소 지었다. "그건 네가 무엇보다도 두려워하는 게 바로
두려움 그 자체라는 얘기거든. 아주 현명하구나, 해리."

《해리 포터와 아즈카반의 죄수》,
8장. '뚱뚱한 귀부인의 도주'

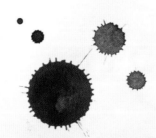

11월 18일

"자, 대응할 방법이 없는데 내가 왜 이 저주를 보여 줬을까? 알아야 하기 때문이다. 너희는 최악이 어떤 것인지 제대로 알고 있어야 해. 자기도 모르는 새 이 저주에 맞닥뜨리는 상황에는 처하지 말아야 한다. 지속적 경계!"

　　매드아이 무디

《해리 포터와 불의 잔》,
14장. '용서받지 못하는 저주들'

11월 19일

"내가 찾을 수 있었던 건 《극도로 사악한 마법들》이라는 책의 서문에서 찾아낸 이 말뿐이야. 잘 들어봐. '마법적 발명 중 가장 사악한 호크룩스에 관해서는 입에 담아서도, 안내를 제공해서도 아니 된다.'" 헤르미온느 그레인저

《해리 포터와 혼혈 왕자》,
18장. '깜짝 생일 선물'

11월 20일

하늘과 대연회장 천장은 허옇고 진주 같은 회색으로 변했고, 호그와트 주변의
산들은 꼭대기가 눈으로 뒤덮였다. 성안 기온이 너무 떨어져 수많은 학생이 수업
사이사이 복도에서 두꺼운 보호용 용 가죽 장갑을 끼고 다녔다.

《해리 포터와 불사조 기사단》,
19장. '사자와 뱀'

11월 21일

투명 망토를 입고 사람들 사이를 움직이는 건 아무래도 무척 어려웠다. 실수로 누군가의 발을 밟기라도 하면 곤란한 의심을 살 게 분명했다.

《해리 포터와 불의 잔》,
19장. '헝가리 혼테일'

11월 22일

"네 머리가 호그스미드에서 뭘 하고 있었을까, 포터?" 스네이프가 조용히 말했다. "네 머리는 호그스미드에 가지 못하게 되어 있는데 말이다. 네 몸의 어떤 부분도 호그스미드에 있는 걸 허락받지 못했는데."

《해리 포터와 아즈카반의 죄수》,
14장. '스네이프의 원한'

11월 23일

"갑니다, 가요!" 퍼시가 아이들 뒤에서 소리쳤다. "새 암호는 '포르투나 메이저'야!"

"아, 어떡해." 네빌 롱보텀이 애처롭게 말했다. 그는 언제나 암호 기억하기를 어려워했다.

《해리 포터와 아즈카반의 죄수》,
5장. '디멘터'

11월 24일
트라이위저드 대회
첫 번째 과제

이제는 그가 해야만 할 일을 할 때였다……. 그의 유일한 기회가 될 물건에 정신을 온전히 집중해야 했다…….

해리는 마법 지팡이를 들어 올렸다.

"아씨오 파이어볼트!" 그가 소리쳤다.

《해리 포터와 불의 잔》,
20장. '첫 번째 과제'

11월 25일

"가까이 오지 마세요, 해그리드!" 울타리 근처에 있던 마법사가 손에 쥔 쇠사슬을 팽팽하게 당기며 고함을 질렀다.

"용들은 6미터 범위까지 불길을 뿜을 수 있거든요! 이 혼테일은 12미터까지 불길을 내뿜는 걸 봤어요!"

"아름답지 않아요?" 해그리드가 조용히 물었다.

《해리 포터와 불의 잔》,
19장. '헝가리 혼테일'

11월 26일

세드릭이 자루에 손을 넣었다. 이번에 나온 것은 청회색의 스웨덴 쇼트스나우트로, 목에는 숫자 '1'이 묶여 있었다. 해리는 뭐가 남아 있는지 알면서 비단 자루에 손을 넣어 숫자 '4'가 묶인 헝가리 혼테일을 꺼냈다.

《해리 포터와 불의 잔》,
20장. '첫 번째 과제'

11월 27일

울타리 맞은편 끝에는 바짝 웅크린 채 알들을 품고 있는
혼테일이 있었다. 날개는 반으로 접혀 있고, 사악하고 노란 눈은
해리에게 고정돼 있었으며, 엄청난 크기의 비늘 달린 검은색
도마뱀처럼 생긴 가시 돋친 꼬리가 세차게 휘둘러질 때마다
단단한 땅바닥이 푹 파였는데 그 자국이 1미터쯤 됐다.

《해리 포터와 불의 잔》,
20장. '첫 번째 과제'

SWEDISH SHORT-SNOUT

11월 28일

"몇 주만 지나면 잊어버릴 거야. 프레드랑 조지도 여기 온 뒤로 지금까지 점수를 엄청나게 까먹었어. 그래도 여전히 다들 좋아하잖아."

"그래도 단번에 150점을 까먹은 적은 없지 않아?" 해리가 비참한 듯 말했다.

"음…… 그건 그렇지." 론이 수긍했다.

《해리 포터와 마법사의 돌》,
15장. '금지된 숲'

11월 29일

"옛날식 처벌을 더 이상 하지 않게 됐다는 게 참 아쉬워. 네놈들의 손목을 천장에 묶어 며칠 매달아 놓는다든지 하는 것 말이다. 나는 아직도 사무실에 사슬을 보관해 두고 필요할 경우에 대비해서 기름칠을 하지."

아거스 필치

《해리 포터와 마법사의 돌》,
15장. '금지된 숲'

11월 30일

"난 반장을 못 해 봤어." 모두가 음식을 먹으려고 식탁 쪽으로 가는데 통스가 해리 뒤에서 쾌활한 목소리로 말했다. 오늘 그녀의 머리카락은 토마토 같은 빨간색으로, 허리까지 길게 늘어져 있었다. 꼭 지니의 친언니 같은 모습이었다. "우리 기숙사 담임 교수는 나한테 필수적인 자질 몇 가지가 부족하다고 했거든."

"어떤 자질요?" 구운 감자를 고르던 지니가 물었다.

"품행을 단정히 하는 능력 같은 거." 통스가 말했다.

《해리 포터와 불사조 기사단》,
9장. '위즐리 부인의 고뇌'

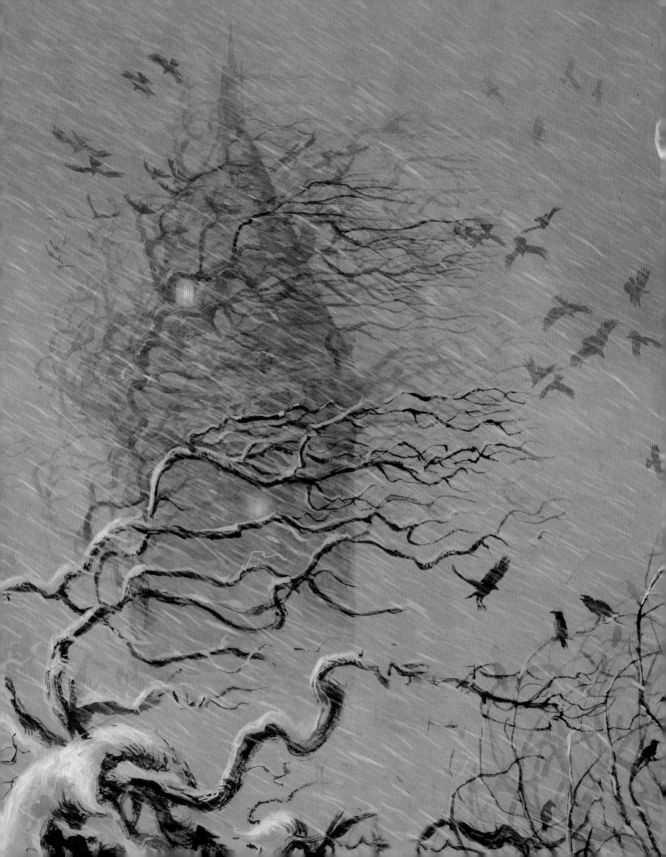

12월
December

얼어붙은 창문에 다시 한 번 눈보라가 휘몰아쳤다.
크리스마스가 빠르게 다가왔다.

12월 1일

12월 중순의 어느 날 아침, 호그와트는 1미터나 되는 눈으로
뒤덮인 채 잠에서 깨어났다.

《해리 포터와 마법사의 돌》,
12장. '소망의 거울'

12월 2일

조지가 조용히 문을 닫고 돌아서더니 활짝 웃으며 해리를 보았다.

"크리스마스 선물 미리 주는 거야, 해리." 조지가 말했다.

프레드가 과장된 동작으로 망토 안에서 무언가를 꺼내 책상 위에 올려놓았다. 크고 네모난,
아무것도 쓰여 있지 않은 낡아 빠진 양피지였다. 해리는 프레드와 조지가 또 장난을 치는 건
아닌지 의심하며 양피지를 뚫어지게 바라보았다.

《해리 포터와 아즈카반의 죄수》,
10장. '도둑 지도'

12월 3일

호그스미드는 꼭 크리스마스카드에 그려진 풍경 같았다. 짚으로 지붕을 이은 작은 집들과 가게들은 온통 파삭파삭한 눈으로 한 겹씩 덮여 있었다. 문에는 호랑가시나무 화환들이 걸려 있고, 나무에는 마법에 걸린 촛불들이 매달려 있었다.

《해리 포터와 아즈카반의 죄수》,
10장. '도둑 지도'

12월 4일

"크리스마스 쇼핑은 거기서 다 하면 되겠네!" 헤르미온느가 기뻐하며 말했다. "우리 엄마 아빠는 허니듀크스에서 파는 치실 박하사탕을 정말 좋아하실 거야!"

《해리 포터와 아즈카반의 죄수》,
10장. '도둑 지도'

12월 5일

"난 해그리드한테 목숨도 맡길 수 있습니다." 덤블도어가 말했다.

《해리 포터와 마법사의 돌》,
1장. '살아남은 아이'

12월 6일

루비우스 해그리드 생일

"나는 있는 그대로의 나이고, 전혀 부끄럽지 않다'
고 당당하게 말하기보다 그냥 골격이 큰 척하는
사람도 있어. 우리 아빠는 이렇게 말씀하셨어. '절대
부끄러워하지 마라. 그걸 갖고 트집 잡는 사람들은 늘
있겠지만 그런 사람들은 신경 쓸 가치도 없단다.'"

　　루비우스 해그리드

《해리 포터와 불의 잔》,
24장. '리타 스키터의 특종'

12월 7일

병동 문이 벌컥 열리면서 모두가 화들짝 놀랐다. 해그리드가 곰 가죽 코트를
펄럭이며 성큼성큼 다가왔다. 그는 머리에 빗방울이 맺힌 채 손에는 석궁을 들고
바닥에 온통 돌고래만 한 진흙 발자국을 남기고 있었다.

《해리 포터와 혼혈 왕자》,
19장. '뒤를 밟는 집요정'

12월 8일

"어, 그게…… 나도 호그와트에 다녔는데 그러다가…… 어…… 솔직히 말하면,
퇴학을 당했어. 3학년 때였지. 사람들이 내 마법 지팡이를 반으로 뚝 부러뜨리고, 뭐
그렇게 된 거야."

　　루비우스 해그리드

《해리 포터와 마법사의 돌》,
4장. '숲지기'

12월 9일

"자, 덤블도어 교수님께서 내가 이 작은 결투 동아리를 만들 수 있게 허락해 주셨다. 너희가 스스로를 지켜야 하는 경우에 대비하도록 훈련시켜 주라는 말씀이었지. 난 그런 경험이 엄청나게 많거든. 자세한 건 내 책을 읽어 보거라."
　길더로이 록하트

《해리 포터와 비밀의 방》,
11장. '결투 동아리'

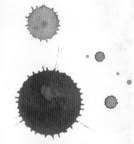

12월 10일

종이 울리기 일보 직전이었다. 각각 프레드와 조지의 속임수 마법 지팡이를 들고 교실 뒷자리에서 칼싸움을 하던 해리와 론이 고개를 들었다. 론은 이제 깡통 앵무새를, 해리는 고무 생선을 들고 있었다.

《해리 포터와 불의 잔》,
22장. '예상치 못한 과제'

12월 11일

"드문 조합이긴 하다만……. 호랑가시나무 소재에 불사조 깃털, 28센티미터. 다루기 쉽고 낭창낭창하단다." 개릭 올리밴더

《해리 포터와 마법사의 돌》,
5장. '다이애건 앨리'

12월 12일

그는 부러진 지팡이를 교장의 책상에 올려놓고 딱총나무 지팡이 끝으로 건드리며 말했다. "레파로."

그의 마법 지팡이가 다시 붙으면서 끄트머리에서 빨간 불꽃이 튀었다. 해리는 성공했다는 것을 알았다.

《해리 포터와 죽음의 성물》,
36장. '틀어진 계획'

12월 13일

"저 지팡이는 귀중한 물건이라기보다는 골칫거리야." 해리가 말했다. "그리고 솔직히 말해서……." 그는 초상화들에게서 몸을 돌렸다. 이제는 그리핀도르 탑에서 그를 기다리고 있을 사주식 침대 말고는 아무것도 생각나지 않았다. 크리처가 그곳으로 샌드위치를 가져다줄 수 있을지 궁금했다. "평생 겪을 골칫거리는 이미 다 겪었어."

《해리 포터와 죽음의 성물》,
36장. '틀어진 계획'

12월 14일

호랑가시나무와 굵직한 겨우살이 띠 장식이 복도에 걸리고,
갑옷들마다 신비한 조명들이 빛났으며, 대연회장은 전처럼
황금색 별이 반짝이는 열두 그루의 크리스마스트리로 가득
채워졌다.

《해리 포터와 아즈카반의 죄수》,
11장. '파이어볼트'

12월 15일

론은 "피브스가 장식용 줄 한 끝을 잡고 내 목을
조르려는 와중에 그 줄을 걸어야 돼"라고 말했다.

《해리 포터와 불사조 기사단》,
21장. '뱀의 눈'

12월 16일

"크리스마스 무도회는 당연히 우리 모두가……
음…… 머리를 풀고 느긋하게 즐길 수 있는
기회입니다." 그녀가 못마땅한 목소리로 말했다.

미네르바 맥고나걸

《해리 포터와 불의 잔》,
22장. '예상치 못한 과제'

12월 17일

"겨우살이다." 초가 조용히 말하며 머리 위 천장을 가리켰다.

"그러게." 해리가 말했다. 입안이 바싹 말랐다. "그렇지만 나글이 우글거릴지도 몰라."

《해리 포터와 불사조 기사단》,
21장. '뱀의 눈'

12월 18일

"'타오르는 날'에 녀석을 보다니 유감이구나." 덤블도어가 책상 뒤에 자리를 잡고 앉으며 말했다. "사실 굉장히 잘생긴 녀석이거든. 멋들어진 빨간색과 황금색 깃털을 가졌지. 불사조는 매혹적인 생명체란다. 엄청나게 무거운 짐도 나를 수 있고 눈물에는 치유의 힘이 깃들어 있는 대단히 충실한 반려동물이지."

《해리 포터와 비밀의 방》,
12장. '폴리주스 마법약'

12월 19일

"정말 안됐어." 한번은 마법약 시간에 드레이코 말포이가 말했다.
"집에서 기다리는 사람 하나 없어서 크리스마스 때도 어쩔 수 없이
호그와트에 있어야 하는 애들 말이야."

《해리 포터와 마법사의 돌》,
12장. '소망의 거울'

12월 20일

해리와 론은 몇 시간이고 앉아서 빵과 크럼핏, 마시멜로 등 꼬치에
꽂을 수 있는 것이라면 뭐든 구워 먹으며 말포이를 퇴학시킬 계획을
짰는데, 실현 가능성과는 상관없이 이야기하는 것만으로도 재미있었다.

《해리 포터와 마법사의 돌》,
12장. '소망의 거울'

12월 21일

히포그리프 벅빅이 구석에 드러누워서, 바닥에 온통 피를 줄줄 흘리는 무언가를 쩝쩝거리며 먹고 있었다.

"눈이 이렇게 내리는데 저 밖에 묶어 둘 수는 없었어!" 해그리드가 목이 멘 듯 말했다. "쟤 혼자! 크리스마스에!"

《해리 포터와 아즈카반의 죄수》,
11장. '파이어볼트'

12월 22일

론은 또한 해리에게 마법사 체스를 가르쳐 주었다. 마법사 체스는 말들이 살아 움직이는 덕분에 실제로 전쟁터에 나가 군대를 이끄는 기분이 든다는 것만 빼면 머글 체스와 똑같았다.

《해리 포터와 마법사의 돌》,
12장. '소망의 거울'

12월 23일

위즐리 부인은 앞에 그리핀도르 사자를 뜨개질해 넣은 진홍색 스웨터와 집에서
구운 민스 파이 열두 개, 크리스마스 케이크, 땅콩 캐러멜 한 상자도 보내왔다.

《해리 포터와 아즈카반의 죄수》,
11장. '파이어볼트'

12월 24일

"크리스마스 크래커일세!" 덤블도어가 기대에 차서 커다란 은색 크래커 한쪽
끝을 스네이프에게 내밀었다. 스네이프는 마지못해 그것을 잡아당겼다. 총소리
같은 빵 하는 소리와 함께 크래커가 분리되더니 박제된 대머리독수리가 얹힌 크고
뾰족한 여성용 마법사 모자가 나왔다.

《해리 포터와 아즈카반의 죄수》,
11장. '파이어볼트'

12월 25일
크리스마스

해리는 여태껏 단 한 번도 그런 크리스마스 만찬을 즐겨 본 적이 없었다. 100마리나
되는 통통한 칠면조 구이, 산처럼 쌓인 구운 감자와 삶은 감자가 있었고, 빵빵한
치폴라타 소시지가 접시마다 그득했으며, 버터 바른 완두콩이 담긴 큰 그릇들과,
걸쭉하고 진한 그레이비 소스와 크랜베리 소스가 담긴 보트 모양 은그릇들이 있었다.

《해리 포터와 마법사의 돌》,
12장. '소망의 거울'

12월 26일

부드러운 은회색 물체가 바닥에 스르륵 떨어져 내리더니 그대로 접혀서 환하게 빛났다. 론이 숨을 들이켰다.

"전에 들은 적 있어." 론이 헤르미온느에게서 받은 모든 맛이 나는 강낭콩 젤리 상자를 떨어뜨리며 목소리를 죽인 채 말했다. "내가 생각하는 게 맞다면…… 이거 진짜 보기 드문 거야. *진짜 비싸고.*"

《해리 포터와 마법사의 돌》,
12장. '소망의 거울'

12월 27일

해리는 거울에 너무 가까이 다가간 탓에 거울 속 자신과 코가 맞닿을 지경이었다.

"엄마?" 해리가 속삭였다. "아빠?"

《해리 포터와 마법사의 돌》,
12장. '소망의 거울'

12월 28일

"이 거울은 내일 새집으로 옮길 거란다, 해리. 다시는 이 거울을 찾지 말아 다오. 어쩌다 이 거울과 다시 마주치게 된다면, 그때는 준비가 되어 있겠지만 말이다. 꿈에 사로잡혀 삶을 잊는 것은 아무 소용 없는 일이라는 것을 꼭 기억하거라. 자, 이제 그 훌륭한 망토를 다시 두르고 자러 가는 게 어떻겠니?"

알버스 덤블도어

《해리 포터와 마법사의 돌》,
12장. '소망의 거울'

12월 29일

일어나 보니 침실에는 아무도 없었다. 그는

옷을 입고 나선형 계단을 지나 휴게실로 내려갔다.

페퍼민트 두꺼비를 먹으며 배를 문지르는 론과 탁자

세 개에 걸쳐 숙제를 펼쳐 둔 헤르미온느를 빼면 휴게실은 완전히

비어 있었다.

《해리 포터와 아즈카반의 죄수》,
11장. '파이어볼트'

12월 30일

그 순간 헤드위그가 부리에 조그만 소포를
물고 방 안으로 날아들었다.

"안녕." 헤드위그가 자기 침대에 내려앉자
해리가 기분 좋은 듯 말했다. "이제 다시 나랑
얘기하는 거야?"

헤드위그가 애정의 표시로 해리의 귀를 살짝 깨물었다.
해리한테는 헤드위그가 가져온 물건보다 그것이 훨씬 좋은 선물이었다. 소포는 더즐리
부부가 보낸 선물이었는데, 이쑤시개와 함께 여름방학에도 호그와트에 머물 방법을
찾아보라는 내용의 편지가 들어 있었다.

《해리 포터와 비밀의 방》,
12장. '폴리주스 마법약'

12월 31일

톰 리들 생일

"이상한 일이지만, 해리, 아마 권력에 가장 잘 어울리는 사람은 한 번도 권력을 추구한 적이
없는 사람일 게다. 너처럼 어쩔 수 없이 사람들을 이끄는 역할을 떠맡게 된 사람, 꼭 그래야
하기 때문에 책임을 떠맡고, 그 자리가 자기한테 잘 어울린다는 걸 알면 놀라는 사람들
말이다."

알버스 덤블도어

《해리 포터와 죽음의 성물》,
35장. '킹스크로스'

일러스트 목록

《마법사의 돌》:《해리 포터와 마법사의 돌: 일러스트 에디션》
《비밀의 방》:《해리 포터와 비밀의 방: 일러스트 에디션》
《아즈카반의 죄수》:《해리 포터와 아즈카반의 죄수: 일러스트 에디션》
《불의 잔》:《해리 포터와 불의 잔: 일러스트 에디션》

앞부속

p.1: 호그와트 급행열차에 탄 해리, 수채물감(《마법사의 돌》 6장)
p.3: 책 위에 앉은 두꺼비, 수채물감(《마법사의 돌》 속표지)
pp.4~5: 다리를 지나가는 호그와트 급행열차, 수채물감(《불의 잔》 11장)
pp.6~7: 호그와트, 수채물감과 잉크(《마법사의 돌》 면지)
pp.8~9: 학생들이 앉아 있는 호그와트 운동장 담벼락, 수채물감(《아즈카반의 죄수》 22장)

1월

p.10: 눈 내린 날의 호그와트 성 지붕, 수채물감(《마법사의 돌》 12장)
p.12: 호그와트 성 정문, 펜(준비 작업)
pp.14~15: 눈 내린 날의 해그리드 오두막, 수채물감(《아즈카반의 죄수》 11장)
pp.16~17: 마법약 병들, 수채물감(《마법사의 돌》 8장)
pp.18~19: 불속에서 빙글빙글 도는 샐러맨더들, 구아슈를 섞은 수채물감 (《아즈카반의 죄수》 12장)
p.21: 헤르미온느 그레인저, 펜 습작(《불의 잔》 37장)
pp.22~23: 눈밭을 걸어가는 해리, 론, 헤르미온느, 수채물감(《아즈카반의 죄수》 11장)
p.25: 호수에 정박한 덤스트랭 배, 수채물감(《불의 잔》 24장)
pp.26~27: 콘월 픽시와 길더로이 록하트, 펜 습작(준비 작업)
p.28: 해리와 덤블도어, 수채물감(《마법사의 돌》 12장)

2월

p.30: 금지된 숲의 유니콘, 수묵(《마법사의 돌》 15장)
p.32: 유니콘 머리, 펠트 펜(《불의 잔》 24장)
p.33: 호그와트 외관, 수채물감(《불의 잔》 24장)
p.34: 프리빗가 4번지를 방문한 위즐리 씨, 수채물감(《불의 잔》 4장)
p.35: 땅요정들, 펜 습작(준비 작업)
pp.36~37: 땅요정들, 수채물감(《비밀의 방》 3장)
p.38: 밸런타인데이 드워프, 잉크 습작(《비밀의 방》 13장)
p.39: 갑옷, 펜 습작(준비 작업)
p.40: 리들의 일기장을 읽는 해리, 수채물감(《비밀의 방》 13장)
p.41: 리들의 일기장 속으로 빨려들어 가는 해리, 아크릴과 수채물감(《비밀의 방》 13장)
p.42: 해그리드 오두막의 벽빅, 수채물감(《아즈카반의 죄수》 14장)
p.43: 해그리드의 배지들, 수채물감(《아즈카반의 죄수》 14장)
p.44: 달빛이 비치는 호그와트 호수, 수채물감(《마법사의 돌》 9장)

p.46: 별빛 아래 호그와트 성, 펠트 펜(준비 작업)
p.47: 하울러를 전하는 에롤, 수묵(《비밀의 방》 6장)

3월

p.48: 3번 온실, 수채물감(《아즈카반의 죄수》 16장)
pp.50~51: 론 위즐리, 펜 습작(준비 작업)
p.52: 천문탑, 펜 콘셉트 드로잉(준비 작업)
p.53: 수정구슬을 보고 있는 시빌 트릴로니, 수채물감(《아즈카반의 죄수》 16장)
p.55: 리머스 루핀 초상화, 펜(《아즈카반의 죄수》 22장)
pp.56~57: 하늘을 날고 있는 부엉이, 수채물감(《마법사의 돌》 1장)
pp.58~59: 폴터가이스트 피브스, 수채물감과 잉크(《마법사의 돌》 9장)
pp.60~61: 호그와트 옥상 세부, 수채물감(《비밀의 방》 8장)
p.63: 패드풋, 목탄과 수채물감(《아즈카반의 죄수》 15장)
p.64: S.P.E.W. 배지, 수채물감(《불의 잔》 14장)
p.65: 줄무늬 양말을 소중히 쥐고 있는 도비, 수채물감(《비밀의 방》 18장)

4월

p.66: 히포그리프 세 마리, 수채물감(《아즈카반의 죄수》 6장)
p.68: 조각상 뒤에 있는 프레드와 조지, 수채물감(《아즈카반의 죄수》 10장)
p.69: 숲트롤, 펜 습작(준비 작업)
pp.70~71: 골든 스니치의 비행, 수채물감(《마법사의 돌》 11장)
p.72: 부활절 달걀, 펠트 펜(준비 작업)
p.73: 책 더미, 수채물감(《마법사의 돌》 13장)
p.75: 목이 달랑달랑한 닉, 수채물감(《마법사의 돌》 7장)
p.76: 해리, 론, 팽, 그리고 아라고그, 수채물감(《비밀의 방》 15장)
p.77: 거미, 수채물감(《비밀의 방》 15장)
p.78: 알에서 부화하는 노버트, 수채물감(《마법사의 돌》 14장)
p.79: 노르웨이 리지백, 펜 습작(준비 작업)
p.80: 웨일스 그린, 수채물감(《불의 잔》 19장)
p.82: 베리타세룸 병, 펠트 펜(《불의 잔》 35장)
p.83: 호그와트 지붕, 펜 습작(준비 작업)

5월

p.84: 호그와트 성, 수채물감(《마법사의 돌》 17장)
p.86: 달빛 아래 호그와트 성, 수묵(《마법사의 돌》 6장)
p.88: 금지된 숲의 유니콘, 수묵(준비 작업)
p.89: 팽, 펜 습작(준비 작업)

p.90: 지니 위즐리 초상화, 아크릴(《불의 잔》 22장)

p.92: 악마의 덫, 수채물감(《마법사의 돌》 16장)

pp.94~95: 1번 온실, 수채물감(《비밀의 방》 면지)

pp.96~97: 하늘을 나는 새들, 수채물감(준비 작업)

p.98: 펜시브, 수채물감(《불의 잔》 30장)

p.99: 두꺼비를 들고 있는 세베루스 스네이프, 수채물감(《아즈카반의 죄수》 7장)

pp.100~101: 바실리스크 허물, 수채물감(준비 작업)

p.102: 체스 말 나이트, 펜 습작(준비 작업)

p.103: 헤르미온느의 빈 의자, 구아슈(준비 작업)

6월

p.104: 호그와트 성 담벼락 위에 앉아 있는 학생들, 수채물감(《아즈카반의 죄수》 22장)

p.106: 크랩, 말포이, 고일, 수채물감(준비 작업)

p.107: 드레이코 말포이, 펜 습작(준비 작업)

p.108: 해그리드의 오두막, 펜 습작(준비 작업)

p.109: 폭발 꼬리 스크루트에 쫓기는 학생, 수채물감(《불의 잔》 21장)

p.110: 론 위즐리의 방, 수채물감(《불의 잔》 5장)

p.112: 불사조, 펜 습작(준비 작업)

p.113: 불사조 깃털, 수채물감(준비 작업)

p.115: 종강 연회, 수채물감(《마법사의 돌》 17장)

p.116: 덤블도어와 불의 잔, 아크릴(《불의 잔》 16장)

p.119: 미로 안의 트라이위저드 우승컵, 수채물감(《불의 잔》 31장)

p.120: 천문탑, 펜 습작(준비 작업)

p.121: 묘비, 수묵(《불의 잔》 33장)

7월

p.122: 시리우스의 오토바이를 타고 날고 있는 해그리드, 수채물감과 잉크(《마법사의 돌》 1장)

p.124: 계단 밑 벽장 안의 해리, 펜 습작(준비 작업)

p.126: 편지를 차지하려는 싸움, 펜 습작(준비 작업)

p.127: 스멜팅스 교복을 입은 더들리, 수채물감(《마법사의 돌》 3장)

p.128: 해리의 번개 모양 흉터, 펠트 펜(《불의 잔》 2장)

p.129: 빗자루 손질 용품 세트, 수채물감(《아즈카반의 죄수》 1장)

pp.130~131: 해리의 수사슴 패트로누스, 수채물감과 잉크(《아즈카반의 죄수》 21장)

p.132: 오터리 세인트 캐치폴의 풍경, 펠트 펜(《불의 잔》 10장)

p.133: 땅요정을 멀리 던지는 론, 수채물감(《비밀의 방》 3장)

pp.134~135: 더들리에게 변환 마법을 거는 해그리드, 수채물감(《마법사의 돌》 4장)

p.136: 바위섬 위의 오두막, 수묵(《마법사의 돌》 4장)

p.137: 호그와트에서 온 편지, 펜 습작(준비 작업)

p.138: 해그리드의 열쇠, 펜 습작(준비 작업)

p.139: 작은 배를 탄 해그리드와 해리, 수채물감(《마법사의 돌》 5장)

8월

p.140: 석양 아래의 버로, 수묵(《비밀의 방》 3장)

pp.142~143: 공중에서 내려다본 버로 부근, 수채물감(《비밀의 방》 표지)

p.144: 다이애건 앨리 입구, 펜 습작(준비 작업)

p.145: 리키 콜드런 간판, 수채물감과 잉크(《마법사의 돌》 5장)

pp.146~147: 다이애건 앨리, 수채물감(《마법사의 돌》 5장, 《비밀의 방》 4장)

pp.148~149: 부엌에서 일하는 위즐리 부인, 수채물감(《불의 잔》 5장)

p.150: 나이트 버스, 수채물감과 잉크(《아즈카반의 죄수》 표지)

p.151: 나이트 버스 티켓, 수채물감과 잉크(《아즈카반의 죄수》 3장)

p.153: 코닐리어스 퍼지의 녹색 모자, 수묵(《비밀의 방》 14장)

p.154: 퀴디치 기념품 판매대, 수채물감(《불의 잔》 속표지)

p.156: 부리에 편지를 물고 온 부엉이, 펜 습작(준비 작업)

p.157: 더즐리 부부에게 온 몰리의 편지, 수채물감과 잉크(《불의 잔》 3장)

9월

p.158: 호그와트 급행열차, 아크릴(《마법사의 돌》 표지)

p.160: 9와 4분의 3번 승강장, 아크릴(《마법사의 돌》 표지)

p.161: 열차 티켓을 들고 있는 해리, 펜 습작(준비 작업)

p.162: 의자에 놓인 기숙사 배정 모자, 펜 습작(준비 작업)

p.163: 기숙사 배정 모자를 쓴 해리, 아크릴(《마법사의 돌》 7장)

p.164: 책 위에 앉은 두꺼비, 펜 습작(준비 작업)
p.165: 사자 스웨터, 수채물감(《아즈카반의 죄수》 11장)
p.166: 하늘을 나는 돼지, 펜 습작(준비 작업)
p.166: 갑옷, 펜 습작(준비 작업)
p.167: 거미, 수채물감(《비밀의 방》 15장)
pp.168~169: 호그와트 전경, 수채물감과 잉크(《마법사의 돌》 면지)
p.171: 파란색 불이 든 잼 병을 들고 있는 헤르미온느, 수채물감과 잉크
　　(《마법사의 돌》 11장)
pp.172~173: 맨드레이크, 펜 습작(《비밀의 방》 6장)
p.175: 알버스 덤블도어, 펜 습작(준비 작업)
p.176: 님부스 2000, 펜 습작(준비 작업)
p.177: 퀴디치 공, 수채물감(《마법사의 돌》 10장)

10월
p.178: 해그리드의 오두막, 수채물감(《마법사의 돌》 8장)
p.180: 팽, 펜 습작(준비 작업)
p.181: 호박과 거미, 수채물감(《마법사의 돌》 10장)
p.183: 거북이로 변신하는 찻주전자, 수채물감(《아즈카반의 죄수》 16장)
p.184: 보가트를 없애는 주문을 외우는 파르바티 파틸, 수채물감과 수묵
　　(《아즈카반의 죄수》 7장)
pp.186~187: 크룩섕스와 스캐버스, 수채물감(《아즈카반의 죄수》 5장)
p.188: 날아다니는 열쇠들, 수채물감(《마법사의 돌》 16장)
p.189: 날아다니는 열쇠들, 펜 습작(준비 작업)
p.191: 석양 속의 퀴디치 골대, 수묵(《마법사의 돌》 10장)
pp.192~193: 사망일 파티의 썩은 음식들, 펜 습작(준비 작업)
p.194: 썩은 생선 위의 쥐, 펜 습작(준비 작업)
p.195: 호그와트 유령들, 수묵(《마법사의 돌》 7장)

11월
p.196: 리멤브럴을 들고 있는 말포이, 수채물감(《마법사의 돌》 9장)
pp.198~199: 퀴디치 경기장 꼭대기의 패드풋, 수묵(《아즈카반의 죄수》 9장)
p.200: 빗속의 퀴디치, 아크릴(《비밀의 방》 10장)
p.202: 뼈가쑥쑥, 수묵(《비밀의 방》 10장)
p.203: 초콜릿, 수채물감(《아즈카반의 죄수》 5장)

pp.204~205: 호그스미드 우체국의 부엉이들, 수채물감(《아즈카반의 죄수》
　　8장)
p.206: 디멘터, 수묵(《아즈카반의 죄수》 12장)
p.207: 마법을 사용하는 매드아이 무디, 수묵(《불의 잔》 13장)
p.208: 가을 나무들, 수묵(준비 작업)
p.209: 거미를 잡아먹는 두꺼비, 펜 습작(준비 작업)
pp.210~211: 스웨덴 쇼트스나우트, 수채물감(《불의 잔》 19장)
p.211: 용의 알, 펜 습작(준비 작업)
pp.212~213: 첫 번째 과제, 수채물감(《불의 잔》 표지)
p.214: 그리핀도르 모래시계, 수채물감(《마법사의 돌》 15장)
p.215: 호그와트 옥상 세부, 펜 습작(준비 작업)

12월
p.216: 겨울의 호그와트 탑, 수채물감과 잉크(《비밀의 방》 11장)
p.218: 크리스마스 별, 펠트 펜(《불의 잔》 23장)
p.219: 겨울 나무들, 수채물감(《아즈카반의 죄수》 11장)
p.220: 오토바이를 탄 해그리드, 펜 습작(준비 작업)
p.221: 장난감을 물고 있는 팽, 수채물감(《마법사의 돌》 헌사 페이지)
p.222: 쿠션 위의 마법 지팡이, 수채물감(《마법사의 돌》 5장)
p.223: 마법 지팡이를 쥔 손, 펠트 펜(《불의 잔》 34장)
pp.224~225: 하늘을 나는 폭스, 수채물감(《마법사의 돌》 13장)
p.226: 마법사 체스 말들, 펜 습작(준비 작업)
p.227: 불사조 크리스마스 장식, 수채물감(《비밀의 방》 12장)
p.229: 눈 쌓인 호그와트 성 창문, 수채물감과 잉크(《비밀의 방》 11장)
p.230: 소망의 거울을 들여다보는 해리, 수채물감과 잉크(《마법사의 돌》 12장)
p.232: 해리, 펜 습작(준비 작업)
p.233: 헤드위그의 비행, 구아슈(준비 작업)

뒷부속
p.235: 산속의 불사조 둥지, 펜 습작(《비밀의 방》 18장)
p.237: 호그와트 성, 펜 습작(준비 작업)
pp.238~239: 날아다니는 새들, 펜 습작(준비 작업)
p.240: 부리에 편지를 물고 있는 부엉이, 수채물감(《마법사의 돌》 4장)

저는 보통 재료에 대해 특별히 까다롭지 않습니다.
예를 들면 저는 페인트를 매우 좋아해요(싸고 경쾌하니까요!). 제가 사용하는 페인트를 편의상
모두 '수채물감'이라고 부르죠. 많은 이미지들을 디지털로 손보았습니다.

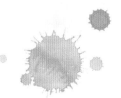

The Great Hall

The Kitchens

HARRY POTTER
Concept Work 2013
HOGWARTS

J.K. 롤링 J.K. Rowling

J.K. 롤링은 1997년부터 2007년 사이에 출간된 해리 포터 시리즈의 작가다. 지금까지 쭉 사랑받고 있는 해리, 론, 헤르미온느의 모험담은 5억 부 이상 판매되었고, 80개 언어로 번역되었으며, 8편의 영화로 제작되었다. J.K. 롤링은 또한 자선단체인 코믹 릴리프와 루모스를 돕고자 자매편인《퀴디치의 역사》,《신비한 동물 사전》,《음유시인 비들 이야기》를 쓰기도 했다. 2016년에는 잭 손, 존 티퍼니와 공동 집필한 연극 대본 《해리 포터와 저주받은 아이》가 런던에서 초연되었으며, 지금도 세계 여러 곳에서 공연되고 있다. 같은 해인 2016년, J.K. 롤링은 원작의 자매편인《신비한 동물 사전》의 마법동물학자 뉴트 스캐맨더를 주인공으로 한 영화 시나리오를 썼다. J.K. 롤링은 또한 성인 독자들을 위한 소설《캐주얼 베이컨시》를 썼으며, 로버트 갤브레이스라는 필명으로 범죄 소설인 '코모란 스트라이크' 시리즈를 썼다. 2020년에는 어린이들을 위한 동화《이카보그》를 출간하여 그 수익금을 코로나19로 피해를 입은 사람들을 지원하는 단체에 기부했다. 아동문학에 기여한 공로를 인정받아 대영제국 훈장(OBE)을 비롯한 수많은 상과 훈장을 수상했다. 현재 가족과 함께 스코틀랜드에서 살고 있다.

짐 케이 Jim Kay

패트릭 네스의 소설《몬스터 콜스》의 삽화로 2012년 케이트 그리너웨이 메달을
수상했다. 웨스트민스터 대학교에서 일러스트레이션을 공부했으며 졸업 후 테이트
브리튼 갤러리와 큐 왕립 식물원에서 근무했다. 리치먼드 갤러리에서 단독 전시회를
연 이후 출판사의 제의를 받아 프리랜서로 일러스트레이션 작업을 시작했다. 영화 및
텔레비전 시리즈를 위한 콘셉트 작업을 해 왔으며, 런던 빅토리아 앨버트 박물관의
그룹 전시회에도 참여했다.《해리 포터와 마법사의 돌》일러스트판이 출간되자
세계적인 찬사를 받았으며, 블룸스버리 출판사의 의뢰로 J.K.롤링의 시리즈 일곱 권의
일러스트를 모두 맡게 되었다. 현재 서식스에서 아내와 함께 살고 있다.

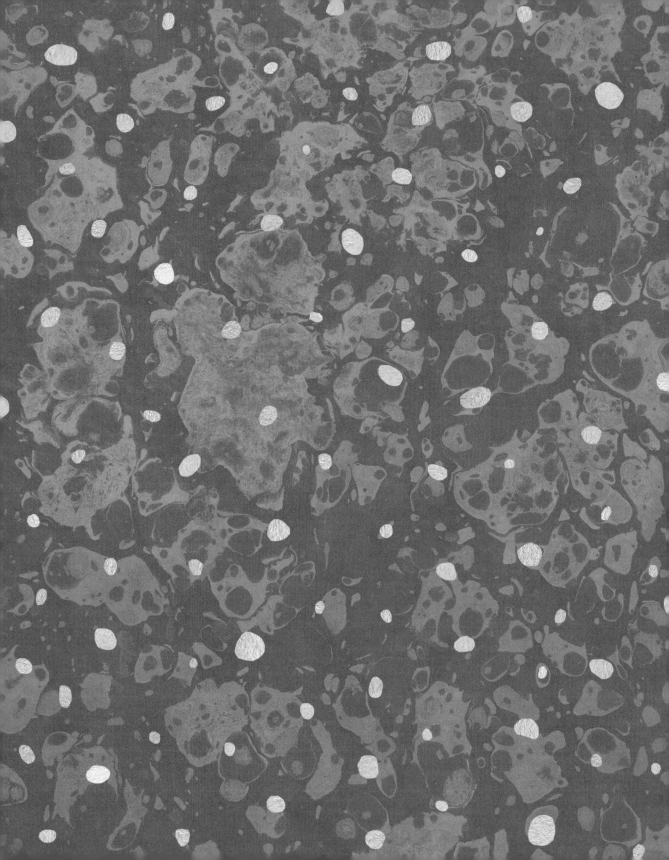